千年のうたかた

川良浩和
絵・大河原典子

かまくら春秋社

千年のうたかた

序に代えて

「千年のうたかた」というタイトルについて

私は、昭和から平成へ、ひたすら夢を求めた戦後から現在の混迷の時代までテレビドキュメンタリーの現場で生きてきた。この間、歴史の歯車は、冷戦終結、ベルリンの壁崩壊、湾岸戦争、9・11同時多発テロなど激しく回り続け、そうした報道の一翼を担って私はしがみつくように、日本と世界の激動を映像で記録してきた。NHKスペシャルを主な舞台とした番組群は今や二百本に達しようとしている。

そうした歩みを続けた私が、五十歳を過ぎた頃、日本をほとんど知らないことに気がついた瞬間があった。その時は愕然とするくらい動揺した。以来、日本人をみつめる番組を制作しながら、初めて手にする古典を旅の友に山河を巡るようになった。本書はそうした道すがら、経験し考え見たことを随想としてまとめたものである。壊れつつある時代に辛うじて残る日本人の精神を作ってきた水脈をみつめた。

人々の営みを千年という歴史の中でみつめる。それは現れては消える波紋のようだ。やがて、うたかたのような存在でしかなくとも、次の時代に伝えるために懸命に生きる人々の姿が浮かび上がった。そして、そこから、世界でも稀な日本人独特の生きる感覚がくっきりと浮かび上がってくる。山川草木に神が宿り、山や森に流れている空気に、命の本質があり、それを神と考えた私たちの祖先の想像力の大きさに今思いをはせる時ではないか。

朝日や夕日を見ることもない子どもたち、コンクリートのビルとビルの間を右往左往するビジネスマン、信じがたい残忍な事件が繰り返し起きてしまう現代の病理には必ず原因がある。

私は千年という時間の連続の中に、平成の今、この目で見た風景や出来事を置き、時勢に流されず、真実を求めて生きる人間の情感を描きたいと思った。「千年のうたかた」という書名は、ここからきている。

表紙の墨書は私が老師様と呼ぶ鎌倉の円覚寺前管長、足立大進老師によるものである。決して暗くなく、むしろ、はかなさよりも希望を感じる字だ。その文字と対になっている桜の絵は、ひたひたと水をたたえる琵琶湖畔に伸びる枝をスケッチしたものだ。キトラ古墳の模写のために明日香へ通う大河原典子さんの手によるものだ。三十代半ばの若き日本画家は、本書に記された現場に立ち、古来から続く空気を吸いスケッチをしてきた。

人間にとって、最も大切なものは目には見えない。刻々と変化している。命の壮大なリレーが行われる大河の河畔で、私はそこに流れている時間と空気、気配を理屈でなく、臨場感を持って描きたいと思ったのである。

目次

序に代えて　「千年のうたかた」というタイトルについて　3

第一章　千年の古都　方丈記の世界に生きる人々　15
鴨川で都の風を受けながら　／この世とあの世　／日本を知る旅へ
／山鉾を出す百足屋町　／生死を含む祭り、松が立つ時
／歴史、伝統は肥沃な大地　／うたかたを結ぶ
——絵　山鉾を出す町に、そびえる松

第二章　祇園に咲く老木の花　41
時分の花　／人間国宝四世井上八千代、幻の東京公演
／祇園の御師匠さん　／四世八千代と孫の三千子
／井上流の稽古場、対面する左稽古　／祇園に継承の時が来た

／新派公演、三世八千代と四世八千代の物語　／地唄舞、「虫の音」
／姿
――絵　祇園白川にかかる巽橋と桜
――絵　伝統的建造物群保存地区の入り口付近にある芸事の神様

第三章　草の響きと、風の盆　71

坂の町、越中八尾　／闇の中での幻想的な踊り
／心が溶け合う三日間の始まり　／風の盆恋歌　／揃いの浴衣
／江戸の新内と越中のおわら　／水の音、草木がこすれる音
／桃色の着物を着ていた少女　／人生の厳しさ、生きる悲しさ
／名残り惜しさ、おわらが終わる時　／あれから十一年目の風の盆
――絵　おわらの舞台、ぼんぼりが並ぶ街
――絵　最高潮の女踊り、男踊り、鏡町の踊り場

第四章　壊れた時代の新年に伝えたこと　101
酒鬼薔薇聖斗事件、十四才、心の風景　／抒情が消えた社会
／みちのく平泉から、群馬の富岡製糸場へ　／赤富士
／東海道を下り、伊勢路を経て大和へ　／空を飛ばない歌
／長崎　雪のサンタ・マリア　／新年のミサ、マリア様の祝日
――絵　富岡製糸場　赤レンガの東繭倉庫

第五章　日光・月光菩薩　春の旅立ち、背中に涙した東京の人々　133
薬師寺の白鳳伽藍　／衆生の写経による白鳳伽藍復興
／日光菩薩・月光菩薩、初めての二人旅　／薬師寺は生きている
／奈良・西ノ京　／浄土は光とともにあらわれる
／現世利益の仏様、薬師如来　／早暁、菩薩が寺を出る　／沈黙の三分間
――絵　薬師寺金堂　日光菩薩像と光背

第六章　千年に一度の出来事、ふりかかった歴史の中での私の時間　163
あの日の茶会　／帰宅困難者になった日から　／東北の被災地に立つ
／広島の原爆ドームを思わせる防災庁舎跡で
／アルバムの写真を探し洗う、思い出探し隊　／天然の無常
／避難所で卒業証書を渡した校長先生
／瓦礫の中の黄色いハンカチ　／復興の第一歩が始まった
／鮭が瓦礫の街の川を遡上してくる
／大震災、災禍を乗り越える人々の心の記録　／紅しだれ桜
――絵　円覚寺の庵から北鎌倉駅を見下ろす

第七章　神の気配を、感じる　205
南都の悲願、古儀復興　／神の気配を感じた時　／神のみじろぎ
／鹿島立　／神が動く　／杜に静寂が戻って
――絵　御旅所にできた神様の仮の宿
――絵　神様が通った翌日の春日大社参道

第八章　神と仏の山河、白洲正子　祈りの道を往く　227
冬の旅　／白山、十一面観音が降臨した頂き　／ギタリストの日本再発見
／美濃禅定道を往く　／神と仏を心に合わせ持つ日本人
／世界遺産、ふたつの巡礼道　／日月山水図屏風の四季
／大豪雨が襲った参詣道　／望郷の念
／旅の終わり、熊野那智滝にて　／広大無辺の思想
──絵　熊野那智滝、流れ落ちる水の柱
──絵　那智滝遠望と三重塔

あとがき　268

参考資料一覧　270

関連番組一覧　272

装画／「湖面にのびる桜」（奥琵琶湖・海津大崎）大河原典子
題字／円覚寺　足立大進老師
装幀／林琢真

花巻
中尊寺
白山比咩神社
陸前高田
越中八尾
白山白峰
南三陸
越知山
白山中居神社
富岡
祇園白川
白山長滝神社
平泉寺白山神社
春日大社
深川
北鎌倉
薬師寺
富士山
藤原京
三保松原
明日香
金峰山寺（蔵王堂）
天河大辨財天
那智滝・熊野那智大社
熊野本宮
金剛寺

旅のあと

第一章　千年の古都　方丈記の世界に生きる人々

鴨川で都の風を受けながら

五月、葵祭が近づく頃、鴨川べりの緑は都の風を受けながら微笑む。古都の逍遥を繰り返す中で、下鴨神社のある出町柳のあたりから川を見ながら下流へ辿る散歩が一番と思うようになった。「ゆく河の流れは絶えずして、しかも、もとの水にあらず」と記した鴨長明《かものちょうめい》は、格式の高い大社に奉仕する一族の子として生まれた。「知らず、生まれ死ぬる人、何方より来たりて何方へか去る。仮の宿り、誰が為にか心を悩まし、何によりてか目を喜ばしむる。その主と栖《すみか》と、無常を争うさま、いはば朝顔の露に異ならず」と、うつろう世の無常を説く。

川べりを行く視線には散歩する親子、黙々と歩く初老の人々、対岸の土手には若いカップルが並んでこちらを見ている。京の都と奈良の都のどちらが好きかと問われることがあるが、答えは簡単ではない。若い頃は奈良がおおらかでゆったりしてよかった。がつがつと社寺を巡り、かたっぱしから仏像を目に焼きつけた。この頃、京都は敷居が高かった。戦乱の血生臭さも感じた。しかし、桜と踊りが京都に通うきっかけとなった。奈良と比べ、京都は人間臭くてすべてが濃い。

そしてまた、奈良で万葉の時代の人々を感じ、京都では人々が積み重ねた千年の歴史を体で感じる。この繰り返しが今も続く。どちらも好きだと言うしかないのだ。

都とは人間にとって何だろう。九州の片田舎で育った私にとって、上京という言葉の響きは格別で懐かしい。昭和四十一年に大学受験のため東京駅に降り立った時、何に驚いたかというと、街をいく人の歩く速さだった。疲れた。そして、帰郷して見たこと聞いたことをあれこれ話した。

都は情報の発信地だ。古代、国家ができると都が作られた。奈良はよちよち歩きの日本がアジアで生き抜くため外国の仏教を取り入れ、文化を学んだ地だ。寺は学問をする大学だった。やがて、寺が官僚化して勢力を持ち荒廃すると、都は京都へ遷った。中国の長安を模した都ができた。そんな時代、都に住む人々はどんな感覚で生きていたのだろう。

いつのことか、私は平安京を「実測」することにした。その大きさを歩くことで、体で感じたいと思ったのだ。北の端は出町柳あたり、鴨川はその東側の縁にあたり、東山に時折目をやりながら、二条、三条、四条と下れば、都は終わりに近づく。今の四条河原町の繁華街あたりで都のにぎわいは終わっていたそうだ。五条から今の京都駅にかけては郊外だった。歌に歌われた「京の五条の橋の上、大の男の弁慶が長い長刀……」と源義経が弁慶と遭遇した五条の橋は、都のはずれの寂しいところだったのだ。私は都のにぎわいの外周を辿った。四条通りを西へ行くと、烏丸通りと交差する。これが平安京のまんなかを貫きまっすぐ北へ上がると帝がいる御所につながる朱雀大路なのだが、四条通りをさらにまっすぐ行き西の端の千本通りを右折して北上する。そして、今出川通りを右に行き西陣を通りすぎて行くと朱雀大路の北の端の京都御所に辿り着く。

意外だ。私の結論は、現代人の感覚からすると、人がにぎやかに行き来していた範囲は想像していたよりも狭いということだった。実測は半日で終わってしまった。車も電話もない時代の都が実感としてわかった。古代の都の営みがイメージできるようになった私に、千年の古都を知ることへの意欲が起きてきた。

この世とあの世

その昔、平安京に暮らす人々は、都の中を「この世」、遠くに見えるやさしい山並みを「あの世」と思っていたそうだ。夏は暑く、冬は寒い。盆地に広がる都の暮らしと出来事は、文学や映画になってきた。

映画「古都」（1963）は、川端康成の同名の小説を中村登監督が映像化したものだ。呉服問屋の一人娘として育てられた岩下志麻演じる千重子は中学生の時、両親から本当の娘でないことを知らされる。やがて、千重子はよく訪れる京のはずれの村で、北山杉を磨いている自分とそっくりの娘と出会う。二人は祇園祭の宵山で再会し、双子の姉妹であることを知る。姉妹の二役を岩下志麻が演じて、映像の合成によって、二人の娘がひとつの場面にあらわれる。

私は、夏のさかりこの映画の舞台をたずねた。嵐山から周山街道をゆくと、中川という集落がある。驚いたことに小さな川の両岸に、床の間の柱となる銘木をずらっと立てかけた製材所が何軒も並んでいる。砂で丸太を磨く岩下志麻がそこらにいるかのような風景があった。蝉の鳴き声だけが聞こえ人影はなかった。また、冬に来ると、北山杉の林に雪が降りしきっていた。

溝口健二監督の「祇園囃子」（1953）は、艶やかな色香ただよう売れっ子の芸妓、木暮実千代と、舞妓になったばかりで初々しく奔放な若尾文子が祇園花見小路を行く。女を通して京都の匂いまでが映像化されている。

そして、小説『細雪』、文豪谷崎潤一郎の巨編がある。そこには、大阪・船場の四人姉妹が、平安神宮の紅しだれ桜を見にいく場面が見事な筆致で描かれている。この小説は舞台化され、帝国劇場での大舞台は桜が天から降ってくるようである。今も平安神宮の夜桜を見に行くと、立ち尽くすしかない。この世のものとは思えない。桜の精に連れて行かれそうな興奮を覚える。こうしたことのすべては人間によって為されたもので京都の魅力はこのことではないか。

毎年、八月十六日に行われる五山の送り火には、平安京の時代から続く人々の信仰の篤さを思わずにはいられない。お盆の終わりの行事としてその風景が日本の津々浦々まで映像で伝えられ、敗戦や原爆、幾多の災害にあった人々の悲しみの記憶までも思い起こさせ、癒している。その日は、浄土があるという山の彼方から亡き人が帰ってくるという。束の間、人々は亡き人の霊を身近に感じる。銀閣寺如意ヶ嶽の大文字、松ヶ崎の妙法、西加茂の船形、金閣寺裏の左大文字、嵯峨の鳥居形、古都をおだやかに包む五つの山の斜面に浮かびあがる火の文字は、地元の集落の家族たちが代々支えてきた。昔は五つの火を京都御所から眺められたというが、今はビルが林立して、一望できる場所はない。私が京都駅に初めて降り立った昭和四十年代は、京都駅の新幹線のホームからは駅前のホテルの白いタワーが邪魔なだけで、南側の東寺の塔や町家の家並みも見えたし、北側には平安京をしのばせる家並みが見え、東山方向も北山方向も見えた。今は新たな駅ビルの出現で巨大な壁ができ、何も見えない。降り立って、「京都に来た」という実感は何もない。

驚いたのは久しぶりに清水寺へ行った時だ。二十一世紀になったばかりの頃だった。崖にそって柱が立ち並ぶ姿。その清水の舞台から見下ろした京都はコンクリートだらけの街となっていた。タクシーの運転手さんが言った。「今、五つの送り火を見た人は京都にはいませんやろな」。私は鴨川べりの交差点でタクシーを降りた。道路で開けている空間の向こうに辛うじて見えるはずだ。交通整理の警官の笛、車の洪水の中に立ち尽くして見る送り火見物、これが千年を過ぎた古都の現実だった。

平成十九年（２００７）、私が良く知るＮＨＫの大阪放送局のプロデューサーからとてつもない企てを聞かされた。五山すべてにテレビカメラを置き、送り火の準備から鎮火まで完全生中継をするのだという。ハイビジョンカメラ二十五台、中継車十台、スタッフ百七十名、私はこの空前の企画に脱帽するしかなかった。「祇園祭」と「祇園の京舞」はNHKスペシャルでドキュメンタリーを制作したが、五山の送り火のすべてを伝える生中継は考えたこともなかった。放送は、八月十六日の午後七時三十分から八時四十五分までの一時間十五分、送り火そのものは八時から四十分程度だとか。

この日は天気もよく東京の自宅のテレビの前で放送を待った。番組が始まり、送り火を待つ古都の姿が紹介される。山の斜面では準備が行われている。「大」だけでも七十五か所の火床が燃えて、百二十メートル四方の巨大な文字があらわれるという。京都市内の電灯は消され闇が生まれる。八時、大文字から火が放たれた。大文字の「大」は文字全体がほぼ同時に点火された。次に左大文字の「大」が書き順に点火された。「妙法」は七十戸の集落の家族によって点火、「船形」は十~二十代の若者たちが点火、「鳥居形」では、燃え上がる火床を持って、山の上を人が走り回る。八時二十分過ぎ、五山のすべてに火がついた。そして二十六分頃、最初の「大」の字が消えた。次々と火が消されて行き、すべてが終わる頃、番組のゲスト、宗教学者の山折哲雄さんは、こう締めくくった。

「華やかな飾りの中で亡き人を迎えて、いさぎよくお送りする。日本人の美しい心の形ですね。亡くなった人々との絆を確かめて、次の人生の一歩を踏み出す。炎は消えて、火床は炭となる。人生は無常、だが決して暗くない、明るい無常です。人生八十年という時代ですが、昔は五十年生きると、そのまま死を迎えていた。今の八十年には生と死の間に、老いと病を引き受ける長い時間が横たわる。山の彼方からきた亡き人と人生の切実なことを思う時でしたね」

私は、すぐテレビを消した。続けて流されてくるけたたましい番組の宣伝スポットにこの深い余韻が消されて欲しくなかった。こんなことをしたのは初めてだ。私はしばらくそうしていた。家族が田舎にお盆で帰って誰もいない我が家、今頃、京都は山から吹いてくる風で心地良いことだろうと思った。

日本を知る旅へ

トンチキチンという鉦が聞こえる。街のあちこちに山鉾が立つのは、送り火の一か月あまり前のことだ。七月十七日、古都を巡行する祇園祭の山鉾巡行は、ひとことでいえば、都の厄払いだ。桃山時代の絵師、狩野永徳作といわれる「洛中洛外図」には、中世の京都の景観が精密に描かれ、町家《まちや》が軒を並べる通りを祇園祭の山鉾が行く姿を見ることができる。右隻には知恩院、四条大橋、南禅寺、銀閣寺、その下のにぎわいの中に室町通りで祇園祭が行われている様子も書き込まれている。紙本金地著色洛中洛外図は上杉本といわれ、戦国の世に、織田信長が上杉謙信に贈ったとされてきた国宝である。六曲一双の屏風で、縦百六十センチ、横三百六十四センチある。都は応仁の乱の戦火から復活していった時代。町衆《まちしゅう》といわれる市井の人々のエネルギーが都に満ちていた。二千四百七十九もの人々が描かれているそうだ。天文十六年（１５４７）の七月に描かれたものだとか、実は狩野永徳に描かせたのは足利義輝だという説もあって未だに謎解きが行われている。

この祇園祭を、テレビに出現した新しい武器であるハイビジョンという鮮明な映像と、５・１サラウンドという臨場感あふれる音で、新しい世紀を迎えた２００１年の現代の京都を記録したいと思った。さらに、英語版を作って、外国に日本人の心を伝えたいとも。この時の私の記憶は、ハイビジョン映像の美しさと、頭上から降ってくるような巡行の祇園囃子と、エンヤラヤーという掛け声、車が軋む音だが、いや、衝撃を受けた記憶として残っているのは最後に英語版を作った時のことかもしれない。オープニングの三十秒が、外国の人々にはわかりにくいだろうと英語版制作の専門家に指摘されたのだ。映像は鴨川と、白い水鳥。四条大橋を渡る稚児の行列。文章はこうである。「京都鴨川の橋の右手に祇園祭の神様をまつる八坂神社があります。いにしえから祭りの行列がこの橋を渡ってきました」。英語版制作の専門家は言う。外国人には川の流れはただ水であって、歴史を感じない、一番やっかいなのは、イエスを唯一の神と考える一神教の国々の人々に大混乱を招く番組の入り方で、外国向けに映像と文章を大幅に変える必要があるというのだ。

天を仰ぐほど参ってしまった。日本には神様があちこちにいて、鴨川の流れは京都の歴史を伝えているものだと思いこんでいた。橋はこの世とあの世をつないでいる、こちらからあちらへと橋を渡る。日本人にはなんとなくわかっている。しかし、それを言葉で言えといわれても困るのだ。

京都の舞をテーマにした別の番組の英語版制作ではこんな経験がある。舞に「虫の音」という名曲がある。日本人は鈴虫が鳴くと秋のおとずれを感じ、しみじみとした気持ちになるが、外国人にとっては、鈴虫はただうるさく、雑音にしか聞こえない、ノイズだと言う。私が能をわかるようになりたいと修行するように努力していた時、一番理解を助けてくれたのはフランスの詩人、劇作家で日本大使として日本を研究した人物の書いた著書だった。ポール・クローデルの『朝日の中の黒い鳥』は、こう記していた。「日本は、果てしない太平洋のまん中に、凝固した一群の雲のように横たわっています。(中略)この島の支柱になっている幾多の山脈は世界でも最も錯綜した構造をなすもののひとつであり、それがさらに得体のしれない大地の変動によって混乱したものとなっています」。能についての本を日本の地殻から語り出すのだ。こうして、様々に日本を語り、文庫本にして百ページを過ぎたあたりで、能について記述する。ようやく能が理解できたと思った。日本人があいまいにわかっているとしてしまうことを、背景を構造として分析して言葉を積み重ねて説得する力に私は脱帽した。さて、祇園祭の英語版はどうなったのか。国内向け放送とは全く違うオープニングの台本が出来上がった。稚児が川を渡る映像は消え、夜の八坂神社と本殿の白い御幣、笛を吹く人々で映像が始まる。「千年以上前、日本の古都・京都を疫病が襲った時、人々が次々と亡くなった。ここはその時、人々を救う神が舞い降りたと伝えられる場所、京都の八坂神社。神はこの社にまつられている。日本人は神はひとつでなく、自然のあらゆるものに宿ると信じてきた。人々は千年たった今も、常に神の気配を感じ、祈りを捧げながら生きている」。味も素っ気もなく余韻はまったく消えたが、説明にはなっている。この英語版制作の苦しみと経験は、日本人とは何かという新しいテーマを私に与え、日本を知る旅へとつながっていくことになった。

山鉾を出す百足屋《むかでや》町《ちょう》

京都の人々は七月、一か月を祭りで過ごす。会社や商売そっちのけで、祇園祭に没頭する。山鉾を出す町は鉾町と呼ばれる。京都御所を南に下がった中京の三条から四条、五条近辺に集中する。この町で暮らす人々を町衆と言う。都の主役は、帝や公家、将軍という時代から経済力を持つ町衆に変わってきた。春も過ぎた頃、町家の二階からは稽古をする祇園囃子が聞こえてくる。二階囃子という。鉾町に生まれた人は幼い頃から祭りの様々なことを経験し、やがてその担い手に成長していく。私たちの取材は、かつて呉服商が軒を並べた室町通りと新町通りにねらいを定めた。四条室町の四つ辻は、「鉾の辻」と呼ばれ、あちこちからお囃子が聞こえてくる。その室町通りの一本南隣、新町通りの一角に百足屋町がある。三十二基が連なる巡行の最後を行く南《みなみ》観音山《かんのんやま》である。五十世帯、百人、呉服問屋十四軒、絵付けや刺繍などをする職人の家が三軒ある。町家が数珠つなぎに立つ街に、バブルの時代、高層マンション建設問題が起きた。鉾町の風情が破壊され人と人のつながりが断ちきれると人々は結束して反対し食い止めた。商いをやめてビルを建てようとした家を説得して、町で借金をして鉾町にふさわしい建物を建て、その家にそのまま借りてもらい商いを続けてもらうことにした。借金は三十五年間、保存会が末代まで払い続けることになった。

祭りの陰で、京の人々は時の流れと闘っている。この町には今も山鉾より高い建物はない。

鉾町には、それぞれの氏神様がいる。江戸時代中期、百足屋町全体が焼けた天明の大火の時、祭りのすべてを収蔵した蔵が焼けた。再興された蔵には町の厄除けのご本尊、揚柳《ようりゅう》観音がひっそりと鎮まっている。柳は生命力を持ち春一番に芽吹くため、正月には餅花をつけたり、柳箸を作る。柳は水に縁がある。この観音様は、柳の枝で浄らかな水を撒き、雨を降らせる雨乞いの神様だ。火事の時、人々は観音様の頭だけを持って逃げたと言う。巡行の山鉾には町の氏神様が乗っている。人生四十年、五十年の時代、疫病が起きると人々がばたばたと死んだ時代に、氏神が厄を払いながら庶民の住む町を巡行したのだ。百足屋町の蔵には懸想品《けそうひん》の箱が、天保、文政、安政と墨書された箱にしまわれている。その中に、大火から三十年目に新調された舞楽図の水引が当時を伝えている。一番水引は山鉾のへりに腰かけた囃子方のすぐ下を横に飾る幕で、人々の心意気を伝える。ちなみに前は「前懸け」、後ろは「見送り」という。錦織、綴織に刺繍を加えた染色工芸品は災難のたびに旧に倍して復活してきた。そのたびに美しく復活するのだ。こうした山鉾の巡行は動く美術館ともいうそうで、英語版の担当がタイトルを「Ｋｙｏｔｏ Ｆｌｏａｔ-ｉｎｇ Ｔｅｍｐｌｅｓ 動く寺院」としたいと言ってきた時は膝を打って賛成した。

町角の蔵にひっそりと残された江戸時代の絵師の手による舞楽図、描かれているのは舞楽の胡蝶と抜頭《ばとう》の場面だそうだ。髪頭《ばっとう》とも書く。赤い面をつけ、髪を掻く所作を何度も繰り返して仇を討つ。怒りとか嫉妬とか、感情の高まりを舞う。舞楽図はすっかり色が褪せている。輪をなして軽やかに花に戯れる胡蝶に、人間の夢とはかなさを表しているのだろうか。能「胡蝶」では、胡蝶の精があらわれ、四季に咲く花と戯れることができるのに早春に生まれないので梅の花とは縁が薄いと嘆き、成仏したいと僧に読経を頼んで消える。その夜、僧の夢の中に、胡蝶の精があらわれ、梅の花とも遊べるようになったと喜び舞う。前の年まで巡行していたこの水引は、この年、役割を終え新調されることになっていた。私は能「胡蝶」をいつの年か青葉が美しくなった平安神宮で見ていた。篝火に照らされた薪能、舞が華麗な京都の金剛流の金剛永謹《ひさのり》がシテをつとめたが、大極殿前の舞台で見る胡蝶の精は格別で、笛や鼓の音に朱色の屋根が揺れて見えた。

生死を含む祭り、松が立つ時

夏は町家が、瑞瑞しくなり、華やいで行く季節だ。「お母さん、これ、合ってる。全然違う、やっぱり逆かな」。親子で障子を葦戸《よし》に変えている家がある。まだ十代の娘には戸の表裏が分からない。毎年、建具替をいつやるのか、大問題だ。「いつしよか、いつが、ええかなあ」と空を眺める。お祭りはそこまで来ている、切羽詰まっているのだ。悩んだあげく六月末から七月初めにかけて決行する。襖、障子を葦戸に変え、畳の上には竹で編んだ網代《あじろ》や籐むしろを敷いていく。小島冨佐江さんは、広い御池通りと四条通りを縦につなぐ細い新町通りの百足屋町の家に伏見から嫁いで来た。建具替は、姑の正子さんと娘、代々の女たちがやってきた年中行事。小島さんは、祇園祭山鉾町の暮らしを「京町家春夏秋冬」という本にまとめている。百足屋町という町名は、かつてはお金のことをお足ともいい、足がたくさんある百足にちなんで商売繁盛を願った。往時は町内に百足屋という名の大店があり、それがそのまま町の名となった。夏は祇園祭とお盆、秋のお彼岸と月見、冬の正月支度、大晦日、節分、春の桃の節句、端午の節句。そこに暮らす人でしかわからない町家の細やかな時間の流れが、京言葉で書かれている。十六年前嫁いだ時の思い出が面白い。見合いの席で夫となる人は「趣味は祇園祭です」と言った。冨佐江さんは思わず「はあ」と思った。嫁いだ先は、七月になると一か月の間仕事を休み、お祭りに没頭する家だ。

京都の祇園祭がなぜ、千年も続いてきたのか。冨佐江さんは、人間の生死にかかわることが祭りに含まれているからだと言う。鉾町の人々は毎年、大金を祭りのために費やす。日々、質素倹約を旨とし生活を始末して生きる。鉾建てから祭りが終わるまでわずか一週間、まさに一時の夢なのだ。時が流れる。町家が消えていけば、暮らしもなくなり、祇園祭も消える。京言葉も消える。冨佐江さんは町家を再生して暮らす運動の事務局をつとめている。縁あって、お祭りに一生をかけている人と出会った。かつて呉服問屋を営んでいたその家は七月になると人の出入りが多くなった。姑は若い嫁によく言った。「おじいちゃんは、一番最初に建てはった人から、預からせてもらいますという一言でこの家を買いとったのえ」。預かる、というのはすごい言葉だ、と思った時のことを忘れないでいる。

七月十二日の午後三時、松が立つ時が来た。京都市中京区蛸《たこ》薬師下ル百足屋町は南観音山という曳山を出す。巡行の最後尾を行く花形の鉾町だ。町内総出で松立ての綱を引く。山鉾のまん中に立つ高さ十八メートルの松、空に聳えて松の緑が映える。人々はこの瞬間に神が宿ると信じてきたという。小島家の二階の窓から松が見える。冨佐江さんは今年も巡行に山鉾が出ていく十七日まで、家並みの隙間から松を眺める。ここに暮らす者の特権だ。十年前突然他界した夫を思う日々が今年も始まった。嫁いでまもなく、夫の敏郎《としお》さんから彼が父親と写っている写真を見せられた時のことだ。「南観音山の前で撮っているんですけどね、夫はちょうど七歳の頃でもう私が生まれた頃には山鉾の前にいたんですね、外から来た私がいくらどう頑張っても、勝てないなあ

山鉾を出す町に、そびえる松

と思いましたね」。夫は、生前、こう語っていたと言う。「人と家は入れ替わり、ただ祇園祭だけが続いていく」と。冨佐江さんは、「主人がいなくても、そこがぽっかりあくなんてそういうお祭りやなくて、誰が抜けたかてそのまま全部動いていく祭りですから、どの人がどうなったって変わらずにみんな涼しい顔して引き継いでいけるというお祭りなんと違いますか。それが千年の重みやと思いますね」。

夫婦して二人が、見たかったヒマラヤ山麓の祭りがある。クマリという神となった少女を山車に乗せて、街を荒々しく曳き回す祭りだ。祇園祭の巡行の最前列の鉾には稚児が乗っている。遠いアジアから京都に伝わった祇園祭のルーツだという説もある。クマリの祭りは今も素朴なものだ。しかし、私たちが見ている祇園祭は千年の時と日本人の感覚が磨きあげた壮麗なものである。夫を通じて祇園祭を知ることになった冨佐江さんは、夫の死でネパールに行く機会を失ったことを残念がっていた。二人は祇園祭の向こうにユーラシアとそれが京都につながる歴史を見ていたのかもしれない。

南観音山では役割を終えた舞楽図に代わる新しい一番水引が百八十年ぶりに新調された。原画を西陣織の家に生まれた加山又造画伯が描き、川島織物で制作された。お披露目には百足屋町の人々もかけつけ喜びの声をあげた。組み立てられる山鉾に飾られる「飛天奏楽図」、広大なユーラシアの神が仏教東漸の道を通って日本に伝わったことをあらわす。飛天が身にまとう天衣《てんね》に、天上からの光が降り注ぎ、笛を奏でながら飛ぶ姿は心を高揚させる。散華する姿は人々に生きる力を与え、慈悲の心を蘇らせる。

歴史、伝統は肥沃な大地

今や、人が一人も住んでいない鉾町がある。山鉾の一番てっぺんに剣をかざす長刀鉾《なぎなた》だ。毎年巡行の先頭を行く。神の使いとして邪気を払う稚児が剣を左右に払いながら行く姿は先頭を行く鉾にしかない気品と権威に満ちている。その昔は、ほとんどの鉾に稚児が乗っていたが、時が流れて長刀鉾のみ、その鉾町のある四条通りはビル街となった。商店には住まいがなくなり通ってくるようになった。通りに面して会所を作り、諸事を行う。稚児もいないので京都中から探し、養子縁組をする。去年の稚児は五条の京漬物屋の息子、おととしの稚児は北野天満宮近くの老舗の菓子屋、今年の稚児は百二十年以上続く赤飯の店の長男だ。長刀鉾は、毎年養子縁組をして、神の使いとなる稚児を育ててきた。少子化の時代、稚児が途切れると祭りは消えてしまうのだ。

長刀鉾から遠く離れた西陣に住む鳴海家は精進潔斎に入っていた。小学校四年生の力哉君と介添え役をつとめる父親の力之輔さんが幕で仕切られた一間で、養子縁組、巡行の前の日まで二人だけの生活をしている。力哉君は「お米には七つの神様がいはるんやから、残したらあかん」と教わって育ってきた。昨今形式化されているとはいえ、女人禁制が建前だ。母親が膳を運んでくる。それを火打ちによって浄める。部屋には祇園社の軸をかけ、入り口には注連縄《しめなわ》を張っている。

日々古式に近い生活をし、長刀鉾に通って京都の歴史の話を聞き、稚児のふるまいの指導を受ける。

毎年、後見として養子となる稚児の教育係をしてきた畑正高さんは、香を商う老舗のご主人で、自らも幼い頃に稚児を経験している。力哉君は長い歴史のひとコマに入ってしまったと思ったそうだ。馬乗りの稽古、稚児舞の稽古、髪を切る儀式が四回もある。後見の畑さんによる指導もついに、注連縄切りに及んだ。台の上に縄を置き、真剣を持つ。力哉君は緊張のあまり汗をかいている。先頭を行く鉾の稚児が結界の縄を切って、巡行が動き出すのだ。後見が力哉君の手に自らの手を添えて上から真剣を降りおろした。縄はまっぷたつに切れた。こうした日々の行くところどころで大事に扱われ、子どもは十万石の格式が与えられた神の使いに近づいていく。力哉君は、父親に真顔で言った。「最近、人間の人生はお祭りなんかと思ったりする。悲しいお祭りもあったり、うれしいお祭りもあったりするから……お祭りには絶対意味があるよ」。

禅宗の妙心寺東林院で、ご本尊に香をおそなえする儀式が行われている。庭には風で乱れ散った落花が広がる。家元の後見をつとめているのは畑正高さんである。香席では、香りをかぐことを「香を聞く」と言う。畑さんが拾遺和歌集のほととぎすの歌を詠みあげる。和服を着た女性たちが順番に五つの香を聞く。歌の情景を思いながら、ほととぎすは何番目の香かをあてる趣向だ。畑さんの先祖は南北朝時代、新田義貞の家臣だったと言う。家にご先祖の像がある。山鉾巡行が始まった頃に生きた武士だが、敗北した南朝方についたため都を追われた。そして、町の人々が経済力をつけ、祇園囃子がにぎやかになっていく江戸時代に都に戻り、香の店を始めた。「老舗だとか、創業三百年だとか人に言われますが、これからも何年も続くと思われるのは勘違い、今をどう生きるかの積み重ね、先のことはわからない、あと何年続くかなんて、老舗だからといっても保証はありません。重い荷物を背負っているなと、しかし、ある時考え方が変わって、耕す畑やと思いだしたんです。歴史や伝統は、耕せば耕すだけ栄養価が出てくる肥沃な大地なんですよ。それのない世界から見たらとんでもないうらやましい世界なんです」。

こんな逸話がある。畑さんの店とアメリカのとある会社と取引が始まったのは店の便せんに記されている創業を記した数字が目を引いたからだ。アメリカ建国の歴史より古い会社と取引ができると先方は喜んだそうだ。

七月十六日、巡行の前の日の黄昏時、宵山に続々と人々がやって来て通りを埋め尽くし日本の夏の風景を創り出す。大阪、奈良、神戸など、関西一円からきた若者たちが皆いい浴衣を着て草履を履いている。さすが日本の若者だ。私は素直に、関西の若者は皆浴衣を持っているのかと感心していた。そこへ、突然の雨が降ってきた。三十五度以上の暑い日が続いた京都にひと雨来た。女の子たちが悲鳴を上げ、浴衣の裾を持ちながら、雨宿りの軒下を探す。やがて雨がやんだ。雨音がしなくなり静けさがくると祇園囃子が一段と冴えて聞こえる。八坂神社の紋をつけたたくさんの駒形提灯の明かりが山鉾を包む。

法然や親鸞が祈り、道元が歩いた街に、町家が主役の夜が来た。烏丸大通りから西へ、室町や新町通りの狭い通りは人でいっぱいだ。道に面した商家は表の嵌込格子を取り払い店の間を開け放ち、その家に代々伝わる屏風など家宝を蔵から出して飾っている。見物の人々は町家の奥までお邪魔し京都の歴史を目の当たりにする。百足屋町の売店で、浴衣姿の幼い子どもたちがならんで歌っている。厄除けのちまきを売り、揚柳観音にお供えするろうそくを売る。「やくよけのおまもりはこれからでます。つねはでません。こんばんかぎり。ごしんじんのおんかたさまは、うけておかえりなされましょう。ろうそくいっちょうどうですか」。こうした雑踏がおさまった頃、日和神楽のお囃子が町を出て八坂神社へ向かう。祭りの無事を祈る宵山の夜が明けると祇園祭のクライマックス、山鉾巡行の日がやってくる。

うたかたを結ぶ

七月十七日。東山に日が昇る。

鉾町の通りを出て三十二基の山鉾が四条の大通りに続々と集結してくる。通りにある四条麩屋町の南北に斎竹《いみたけ》が建てられ、注連縄が張ってある。これより先は神の域へ進むことをあらわす。先頭の長刀鉾に人々の目が注がれる。見返りの儀が行われる。冠をかぶり白い化粧をして霊界のものとなった稚児が強力にかつがれて山鉾の梯子を登る。神の使いは地面を踏んではならない。背を見せながら上がりきった所で振り返り東側を見る。その瞬間、畑さんなど代々の稚児が感動した東山の姿が目に飛び込み、一気に広がった沿道を埋めた人々の列が広がって目に飛び込む。稚児に拍手が沸き起こる。長刀鉾が前に動き、神との結界に張られた注連縄に近づく。稚児の鳴海力哉君が真剣を降りおろす瞬間が来た。介添えは畑正高さん、稚児が鉾から落ちないよう父親の力之輔さんが足を抱える。注連縄を切って落とすと、ゆっくりとした囃子とともに鉾が動き出した。力哉君に手を合わせる人々がいる。

介添え役の畑さんは稚児をつとめた時の八ミリの映像を保存していた。昭和三十九年、当時十歳、東京オリンピックの年だ。山鉾の上から見えた風景をおぼえている。「朝日が、東山から上がってきて、沿道の大勢の人々がみつめる。神様だと思って手を合わせる方もたくさんいらっしゃる。それが自分自身へなんですね。不思議な体験は一生忘れることはありません。見下ろすと鉾を曳く人々が八の字に広がっていました」。

同じ風景を今、力哉君が見ている。

こうして新しい世紀を迎えた平成十三年、２００１年の山鉾巡行の列は四条通りを東山の方角に進んだ。四条河原町で十トンもある山鉾が北へ向きを変える。辻回しという見せ場だ。直径二メートルの大きな車の下に竹をならべ、すべらせるため車方が水を撒く。音頭とりの掛け声とともに綱が曳かれ、屋根までの高さが八メートルもある。山鉾は大きく揺れながら方向を北へ転換する。揺れても水引の上の欄縁に座る囃子方は平然と笛を奏でる。高さ二十メートルの鉾頭の松が揺れて回り切ると歓声が沸き起こる。長刀鉾に続々と鉾と山が続く。鉾が辻を回るたびに拍手が起こる。函谷鉾、菊水鉾、鶏鉾、……月鉾、放下鉾、岩戸山、船鉾、北観音山。ようやく、最後尾の南観音山が来た。揚柳観音のシンボル、柳の枝が後部右に挿されている。鉾の後ろの懸けものを「見送り」と言う。鉾が辻回しで大きく揺れた時、新調された水引の飛天が一瞬輝き、「龍王渡海」の見送りが長い巡行の最後を告げた。

山鉾は十一時頃に市役所のある広い御池通りを通過し、すべての山鉾が新町通りを通ってそれぞれの町へ再び帰る。ビルの多い通りから新町通りに入ると町家が立ち並び、山鉾の囃子方と町家の二階で見物する人々が同じ目の高さとなる。手を振る人々と、その笑顔、長刀鉾の畑正高さんは「戻り囃子」の笛を吹く。ここを通る時、京都に生まれ育った重みと喜びを感じる。今年も何事もなくお祭りを迎えて巡行を終えることができそうだ。一年一年越えていくことの大切さがこみあげる。息子が傍で鉦を叩く。鉾町がない寄せ集めの人々の山鉾のなんと颯爽とした姿、「来年どうなっているかわからない。でも、次の年は次の年でベストメンバーが揃えばいいことですから」

と畑さんは言った。

新町通りに巡行の最後を行く地元の南観音山がようやく到着した。町家の前で着物を着て迎える小島家の三代の女たちの姿があった。姑の正子、冨佐江、その娘たち。冨佐江さんの夫は、町や祭りがどうすれば美しく見えるかいつも考えていた。

「山鉾は、屋根より高く見える時が一番きれいや」とよく言っていたそうだ。その風景が冨佐江さんの目の前にあらわれた。「遊び心みたいなことがあったと思うんですね。そやけど悪霊を払うとか疫病を鎮めてもらうために必死になってはった人たちがいるんやと思うんですね、今はそれが失せてきて山鉾を巡行させることが中心になっているかに見えますが、でも何か、どこかでみんなもともとの気持ちを持っているからこそ、引き継いできているのと違うのかなあ、そうあって欲しいと思っているんですけれどね。水にあたって死ぬ時代、もうせっぱつまった時のすがるような気持ち、それがあったからお祭りって続いていると思うんです。私も他に住んでいたら祇園祭だけでなくてこのような暮らし方はしてこなかったと思いますしね、家と出会ったからこそ自分が生きるいろいろなことを考えさせられたし、教えてもらったということですね。暮らしてわかったのはこの一か月だけでなく年がら年中お祭りに関わっているということです。ひとつの長い流れの中に私はここにいて、子どもたちはここらへんにいるかもしれないし、祖父はここかもしれないし、夫もいる」。

巡行が終わるとすぐ、神の去った山鉾は解体される。朝起きて気がついたら街からもう山も鉾もなくなっていたというのが祇園祭だ。この日をかぎりに観光客はぐっと減る。だが、祭りは続いている。巡行の後、一週間後の七月二十四日、八坂神社の神が出てきて氏子の住む町を浄め、再び神社へ還る神事がある。人々は「おかえり」と呼ぶ。午後九時から十一時、祭典が行われ、神は八坂神社に戻って行く。神輿が鴨川の橋を通りかかる時、還幸祭は高揚する。暗くなった橋の上はかつぎ手で埋まり、神輿が揺れ、無数の提灯がゆらゆらと揺れた。

一か月にわたる祇園祭が終わろうとしている時、幼い頃に稚児となり、毎年稚児の介添え役もつとめる畑正高さんから聞いた言葉がある。

「方丈記の冒頭の文で、『ゆく河の流れは絶えずして、しかも、もとの水にあらず。よどみに浮かぶうたかたはかつ消え、かつ結びて、久しくとどまりたる例《ためし》なし』。読んだ時は暗い話に読んでしまうんですけど、私はあれは前向きな言葉に思うんですね。皆、うたかたじゃないですか、うたかたとして自分自身を結ぶことが実は生きているという意味なんですね。すべて生あるものは消える運命にあるわけですから、結べばいいわけですよ。動かしがたい摂理がそこにあるわけですね、だから、そんなことを怖がったり悲しんだりするんではなくて、そのうたかたとして結んでいることが面白い。私はどういう流れの中に自分のうたかたを結ぶのかと。命を結べたその流れはどういう大河にこれからなって行こうとしているのか。これは非常に楽しいですよ。流れの下流の広がりは自分自身では見ることはできないけれども、大事なことはこの流れを絶えさせたらだめなんですよ。常にこういうものが流れていくから、自分の命もその流れに流れて行く……」

私は、あの番組を放送してから十二年経った平成二十五年（２０１３）祇園祭を見に京都へ行った。稚児を務めた鳴海力哉君は同志社大学の四回生、強豪のラグビー部でフォワードをしているという。忙しい練習の合間に長刀鉾に通い続け、鉦を叩いている。いずれ、京都の伝統を担う核となるだろう。小島冨佐江さんの長女、彩乃さんは大学院生、平成二十二年（２０１０）から二年間、イタリアのヴェネチア建築大学に留学し、古い街の景観を大事にしていく精神性を学んで帰って来た。町家を受け継いで来た小島家の娘は、亡き父と母の生きざまも受け継いでいる。

水面に映って揺れる提灯の光の輝き。私は、やはり、鴨川の流れは歴史を映していると思っている。

第二章　祇園に咲く老木の花

時分の花

私も歳をとった。今や六十六歳である。十歳、二十歳、三十歳、四十歳、五十歳、六十歳、この世に生を享けてきた私の小さな命の歴史の区切りの中で、最も重く感じたのは五十歳になった時だった気がしてならない。夢中で仕事をし、無邪気に日々を過ごしていた感覚が突然変わった。あの織田信長が明智光秀に本能寺で包囲され、最期の時に舞ったという映画やテレビで見た場面が自分のこととしてリアルに迫ってきた。そうか、私の命も残り時間を刻み始めたのか。

「人間五十年下天のうちにくらぶれば。夢まぼろしのごとくなり」

ある日の山梨県の小淵沢町、八ヶ岳山麓のアカマツ林にある身曾岐《みそぎ》神社能楽殿は池の中に建っていた。黄昏時を迎え、篝火が燃え上がる。観世流の梅若晋矢《うめわかしんや》（現、紀彰）の人間五十年の舞を見た。終わって一度引っ込んだ師が再び出てきて謡を観客全員が唱和してみるという趣向があった。「人間五十年」を声に出す。に・ん・げ・ん・は同じリズムで、ご・じゅ・ね・んのところで拍が変わる。声を出したとたん、我が身が辿ってきた時間が胸に迫る。唇が震えているのが自分でわかった。

世阿弥は風姿花伝で時分の花を咲かせよと言っている。私は観能を重ねるうちに、いつしか能楽師の最高の境地は「老木の花」であることを知る。水分が少なくなり固くなった木に咲いている一輪の花、これが美の極致であると。私は、山中に開けた野原に一本の枯れた木が立ち、その幹の上の方の枝に赤い花が一輪咲いている風景を想像した。

謡曲本を持ち運びする時に使う紙挟みの裏には、能の稽古を重ねて行く段階が書いてある。宝生流の場合はまず免状前平物とあり「花月」「竹生島」など三十二番、次に初伝免状序之分「芦刈」「嵐山」など七十八番、さらに同奥之分二十八番、そして、中伝免状十五番、奥伝免状十一番、ここまで来ると演目は厳選され尽くし、最後に辿り着くのは老女物である。「姨捨」「関寺小町」「檜垣」の三番、能楽師は年齢を重ねながら、この境地をめざす。これを逆にいうと年齢に達していないと舞えないものがほとんどだということだ。人間の肉体を使った、もの凄い仕掛けだ。

日本人とは何か、私が五十を過ぎて、自らに流れている遺伝子を知りたいと思うようになった頃、白洲正子の著書と出会った。『お能の見方』という簡潔な本で、能を親しむ入門書ではあるがその根本をとらえて、他の類書を読んだ時にはなかった得心がいくものだった。すでに亡き人となった美の求道者ともいえる白洲正子の記念展に岐阜のＭＩＨＯミュージアムまででかけ、そこで著作が五十点ほど展示されていたが、私はほとんどを読んでいた。それほど夢中になった。

人間国宝四世井上八千代、幻の東京公演

京舞について記すこの章の主人公である文化勲章も受章し九十を超えた四世井上八千代の存在を知ったのは、白洲正子著の『姿』であった。吉越立雄がとらえた写真と白洲の文章が重なって、見事に「姿」の意味を私に伝えてくれた。祇園の茶屋、一力《いちりき》で見た舞についてこう記していた。「初夏の庭、夕日のきらめき、障子にうつる人影。座敷の雰囲気。そういう日常の生活の空間の中に、井上八千代の舞は、なんの違和感もなく、とけ込んでいた。庭の夏木立の自然そのもののように。京舞は座敷舞という。そのことの本当の意味を、私は、その日、はじめて知った」。

いつか、この目で「老木の花」を見たいと思った。しかし、祇園の座敷に上がって舞を見ることと自体分不相応で、まして四世の舞を見る機会などあろうはずがない。

平成十年（1998）五月二十九日、胸が躍る思いで、皇居のお堀端を横目に三宅坂の国立劇場へ向かった。十四年ぶりの京舞東京公演が行われるのだ。井上八千代や孫の三千子他祇園の舞手、浄瑠璃、地方《じかた》など総勢百名が出演、全二十五曲について四世井上八千代自身がプログラムに演目の解説を書く意気込みだった。「久方ぶりの催しに、折角ご覧下さるお客さまのお前で、たとえ短い物でも舞わせていただこうと存じ、気張って四回出させて頂くことに致しました」。

昼と夜、二日間の公演で、合計四回も九十三歳の舞が見られる千載一遇の時がきた。「井上流では、どんなに上手でも、ある程度年齢が加わらんと舞いこなせへんと言われているものがいくつもあります。今回私が舞わせていただきます『桶取』『おちやめのと』『猩々』『菊』もそんな舞のひとつです。これらの舞は何ていうたらよろしいのか、若いうちは、なんぼ型がきっちり舞えていても、心がそこまで行かへんのやないか。そんな気がします。私も菊を初めて舞わせてもろたのは、昭和二十八年の東京公演の時で、四十九歳やったと思います」。「菊」は、菊の花びらに、露が溜まってできた不老長寿の水を飲み交わしたという物語だ。

劇場の正面玄関に着く。そこで目にしたのは扉に貼られた一枚の紙だった。「井上八千代急病につき、左記の演目を除いて上演致しますので、ご了承ください」。おことわりには、他にも充実したものがたくさんあるのでお楽しみできますというようなことが書いてあったという記憶がある。後継者と言われている孫の井上三千子は義太夫の名曲「弓流し物語」を舞う。しかし、気もそぞろになった私は落胆の気分を拭えず、初日の昼公演が終わると外に出た。そして、今はNHK京都放送局に後輩の有能なディレクターがいることを思い出し電話をした。大変なことが起こっているという説明をしたが、この種のことは東京の古典芸能の専門家が担当し、京都局はあまりかかわっていないので……というようなことを言った。

「いや、そうでなくて、病気休演は京都における大事件で、人間の本質や芸とは何かを描く千載一遇の番組企画が成立する可能性がある。地元局の番組の作り手として井上流の動きに注目して、早めに先様に接触して欲しい」と言った。

祇園の御師匠《おっしょ》さん

京都四条通りを東山に向かって突き当たるあたりを石段下という。そこを登って八坂神社の参道を進むと本殿があり、舞殿がある。たくさんの提灯がぶら下がり祇園の匂いを発散している。ここでの毎年の節分祭で「祇園小唄」の舞が舞妓によって奉納される。「月はおぼろに　東山　霞む夜毎の　かがり火に　夢もいざよう　紅ざくら　しのぶ思いを　振袖に　祇園恋しや　だらりの帯よ」。四世井上八千代は井上流二百八十曲のうち百曲を振り付けたというが、これは最初に振り付けた曲だ。まだ若き井上八千代が映画の主題歌として誕生したこの曲に、掃除の箒を動かす合間に振り付けをした。初心者の舞妓が舞えるように軽く可愛い感じを出した。祇園の御師匠さんとしてその歳月はあまりにも重く大きい。取材によると井上八千代師は三年前から体調を崩していたという。

花見小路に、祇園の女たちが通う学校、八坂女紅場《にょこうば》学園の時間割が掲示されていて、メモをとり稽古の時間を確認する舞妓の姿を何度も見た。舞踊科、井上八千代先生と書かれていた。他に能楽科、長唄科、三味線、一中節、常磐津、清元、地唄、浄瑠璃、鳴物、笛、茶儀、華道、絵画、書道とあり、祇園で生きていくのは大変なことなのだと思った。

鴨川にかかる丸太橋の西詰南側に美しい洋館があり、その近くに「女紅場址」の石碑がある。明治維新の時に作られた女子の教育機関で、英語と裁縫、手芸、読み書きを教えた。日本で最初の公立女学校で、設立への経緯はNHKの大河ドラマ「八重の桜」に描かれた。八重が奔走していた。当時各地に作られたが、今残るのはこの「八坂女紅場学園」だけで、祇園の舞妓・芸妓のためのものだ。

祇園の四季は目に見えて変わっていく。何よりも行き交う女たちの着物が季節の移ろいを伝える。京都に桜の名所は数あるが、私にとって最も心豊かになるコースは、人の少ない南禅寺の琵琶湖から引き込む赤いレンガ造りの疏水アーチあたりから白川をゆっくり下り、祇園にかかる巽橋まで歩く道のりだ。ここまでくると川に一面伸びるしだれ桜を見る人でごったがえす。時折、芸妓や舞妓が通り過ぎる。

祇園白川にかかる巽橋と桜

井上流は、祇園の外で教えることはない。祇園を代表するお茶屋、一力の主人は先代の八千代に祇園は井上流一本で行き他のどの流儀も入れないと約束した。「一力」という二文字は一字としてちぢめると万と読む。この別名萬亭は、忠臣蔵の大石蔵之助が主君の仇討ちの意思を隠すため酒びたりになって遊んだという茶屋だ。以来、もともと御殿舞だった井上流は祇園に根付き、毎年萬亭で行われる大石忌では地唄「ふかきこゝろ」を代々の井上八千代が舞ってきた。「いろを思案のうちとけて　うゐの　奥の手　しられじと　くるわ遊びのかりねにも　あさき　夢みずゑひもせず　ただわすれられぬあだ人の　その面影や　したふらむ。よそめのみ　忍ぶ恋路とみせかけて　心に刃とぎすまし　おもてばかりの　酒きげん　いつかかたきをうつの山　夢にも人に　しられじと　遊ぶ　遊びは　あだならで　思いをとげし　雄々しさよ」。

京舞の井上流は、自分たちの手の中で舞を磨きあげてきた。祇園に生きる女たちは、井上流の舞を身につけなければならない。春の風物詩の「都をどり」も井上流によるものだ。明治になって天皇の御所が東京に移り寂しくなった京都を活気づけようと始められた。この祇園で四世井上八千代の九十年を超える歳月はどう流れたのか。大分老朽化してきた祇園ホテルの上方の階の窓から下を眺めると祇園の瓦屋根が連なる。お茶屋八十軒、舞妓十五人、芸妓九十人、そのまん中にいる井上流は、これからどうなるのか。久しく祇園の御師匠さんとして居続けた四世八千代の時代の終焉を見届けなければならない。

能の世界に深く分け入り美しい姿を求めた白洲正子は井上八千代に初めて対面した時のことをこう記している。

「私なぞ素人の目には、京舞は能の仕舞よりやはり普通の踊りに近く見えるのですが、根本的な違いはどこにあるのでしょう」と聞くとふつうの師匠なら理屈をつけてもはっきり答えるに違いないところ、『さあ、どうでっしゃろ?』とひどく困った様子もなく、後ろにひかえた秘書役の代稽古はんをかえりみる始末です。そういう所が私には特にありがたく思われました。何もかもあなた任せなのは、舞踊という女性的な芸術にとって、何よりも必要なことなのです。しっかりした祇園の組織の中に、正しい踊りの形式のもとに、安心しきって、こんな風に生きていかれるのは何といっても仕合せなことです。私が知っている京都の女性は、一人々々の性格は違ってもみんな一貫した共通性があるように思われます。いって了えば平凡なことで、女らしさのひと言につきますけれども、顔の美醜に関わらず、殆ど芸といいたい程身についた美しさがあり、身についている以上それは無意識に外にあらわれる。ことに踊りできたえられたお師匠さんには洗練された色気ともいいたいものが感じられ、がさつな私には羨ましく見えるのでしたが、それが伝統というものの力なのでしょう」(白洲正子『姿』より)。

四世八千代と孫の三千子

取材を始めた京都放送局の丘信行ディレクターからの報告によると、高齢の四世の健康の問題もあり、数年前からすべてを孫の三千子さんが取り仕切っている。少しずつ先様に顔を出し、話を進めているというが、目立った進展がない。ようやく具体的になってきたのは平成十一年の秋、東京公演休演からすでに一年半が経っていた。八月過ぎから御師匠《おっしょ》さんの体調が戻りはじめ十一月には舞うことができたという。うれしいことに、三千子さんから番組企画を進めることへの了解を得たという。年明けの京都に雪が降った。そのあとの北陸への家族旅行の旅先で、三千子さんは四世から井上八千代を継ぐよう言われたというが、このことは祇園の誰もが知らなかった。

もう十年前からいずれ八千代の名を継ぐようといわれていた三千子さんだが、そのたびに「とてもやない」と答えてきた。しかし、「もうええやろ」と迫られては引き下がる隙はなかった。新門前という伝統的建築物保存地区の町家が立ち並ぶ中に井上家はある。一月十三日の初寄せには舞妓や芸妓が家元にご挨拶にやってくる。「おめでとうさんどす」。四世井上八千代をまん中に、三千子がいる。その子の幼い安寿子《やすこ》も無邪気さで華やかな行事に明るさを与えている。舞妓は正月には稲穂のかんざしを髪にさす。「おきばりやす」と家元は新しい扇を渡す。この時、挨拶に来る誰もが、家元交代は秘とされ重大事が進行していることに気がついていなかった。

四世が九十五歳、五世となる三千子は四十三歳、五十二の歳の差がある。井上流は代々長寿で、二百年を四人の家元で継承してきた。三世は百歳で舞っている。年齢とともに舞を深め自分のものにしていく芸能において、最高に幸せな時が流れている。ここに老木の花が咲いてきた。

手元に平成十二年一月十二日付けの企画書が残っていた。京都放送局がようやく企画にまとめ私の所に持ってきたものだ。ＮＨＫスペシャル「舞は心なり〜京舞・井上三千子　稽古場の記録」となっている。私は修正を求めた。「舞は心……」は核心をついているかに見えるが、こうした抽象的なタイトルは今後の取材を甘くする。あくまで継承の現場を具体的に映像にしていく。「祇園京舞の春〜井上八千代　三千子　稽古場の記録」とした。テーマは四世がきわめた境地なのだ。数えの九十六が目前の師匠は、残された時間に孫に何を教えるのだろうか。タイトルにある稽古場の記録は、放送時点では継承の記録に変えることになる。この段階のタイトルとしては少々愚直すぎるが、スタッフに背負わせるには良かった。徹底的に稽古場にこだわる。祇園周辺には京都らしい映像となる風景が豊かにあるが、そうしたものを撮りたいという誘惑は排除した。逃げ場を断ち、老木の花を描くことだけに向き合う。こうした方針を京都に持ち帰ってあらためて先様にご協力を申し入れるよう求めた。

節分が過ぎた二月七日、春まだ浅い祇園に一人の舞妓が誕生した。芸妓や舞妓の世話をする男《おとこ》衆《し》さんに連れられて家々を挨拶して回っている。冷たい雨が降り、男衆が大きな傘を舞妓にさしかける。店出しといわれるこの日は、お世話になるお茶屋など、一軒一軒に挨拶をして回る。まりさんという舞妓は、見習いとしてこの一年、井上流の舞と祇園のしきたりを習ってきた。稽古場の門をくぐり、三千子さんが挨拶をうけた。「今日は御師匠さんが寒うて起きられへんから、よろしうて。行儀ように、初めが大事やさかいにて。雪で大変やけど、気をつけて……」。

三千子はおととしから都をどりの振り付けと演出を師匠に代わってやっている。井上流家元の重みより、井上八千代の重みがのしかかると言う。それはどういうことなのか。三歳で舞をはじめて十三歳で名取となり、高校を卒業した十八歳の時から女紅場の学園で先生をしている。四十三歳で井上八千代を襲名することになるわけだが、四世も四十二歳で襲名している。ある人にいつかこう言われたことがある。「三千子が見ている先は数メートル、八千代が見ている先は数千里」。

三千子は八千代が七十歳の時からいつも一緒だが、教えてもらっていないものがたくさんある。三千子二十九歳、八千代八十歳の時の稽古の様子が映像に残っていた。三千子が舞い終わり、八千代がアナウンサーのインタビューを受けた。「三千子さんにはお持ちのものはお継ぎになったんですか」。八千代は微笑しながら「いえまだです」と答える。「今までどれくらい行きましたか」「さあ、どうでっしゃろか、まだ七、三ぐらいと違いまっしゃろか」。「あと三分残っていますか」、きらっと目の奥が光って、「多い方が残ってます」。

祇園甲部歌舞練場での都をどりの稽古風景の映像も残っている。客のいないがらんとした客席に座った五十三歳の八千代が舞台に向かって次々と指示を出している。その声を拾うマイクスタンドの横で孫の三千子が無邪気に遊んでいるが八千代は目もくれない。稽古に夢中だ。幼い頃は髪結いになりたかった八千代は孫の髪をよく結った。「小学校の頃から、中学、高校、嫁にいくまで祖母と寝起きを共にしていました。祖母はベッドで私は下で寝ていました」。井上流の歳月とともに、八千代と三千子の四十年の歳月も流れてきた。三千子は言う。八千代は七十歳を過ぎた頃から動かなくなった。五歩で表現していたものが三歩となり、三歩でやっていたものが一歩でできる。体は小さいが、瑞瑞しさと、大地に根の生えた力強さを合わせもつようになったと。

井上流の舞は見て覚えるものだという鉄則が稽古場の板の年輪に刻み込まれている。しかし、時間が限られてきた。いつまで八千代の舞が見られるのか、教えてもらっていないものがたくさんある。孫の三千子は言う。「御師匠さんは休む時も舞の曲目を考えて休むと申しております。もう、四六時中舞のことを考えてはる人や。私は朝起きて行動を開始して舞のことをともかく始めて、自分を追い込んでいく質やと思うんですね。休む時には反対にちょっとはずれんと生きていけないていうか、全然人間の質が違うと思うておりますす」。都をどりの開幕まで撮影して放送を出したい。その間に二人にどんな継承の時が流れるのか。四世井上八千代は、日によって体調が良かったり、悪かったり、カメラの前に顔を出すことは滅多になかった。

井上流の稽古場、対面する左稽古

能や歌舞伎、西洋のバレエ、何でも見る私に、東京の日本舞踊のある家元から教わった言葉がある。その家元は、何回もスペインで創作舞踏劇の公演を行っている。私は、なぜ、スペインなのですかと聞いた。「スペインの人は日本舞踊の良さがわかるんですよ。西洋のバレエは気持ちが高揚すると上にぴょんぴょん跳ねるでしょ。日本舞踊は、反対に腰が下に下がる。フラメンコも下に下がるんです」。この言葉は私が日本の芸能を見る下敷きとなって生きている。では、京舞井上流の良さと深さはどこから来るのか。都をどりの第一幕、舞妓などの総踊りを初めてみた時の感動は生きてて良かったというほどのものだった。随分昔のことである。左右の花道を桜の枝を持った舞妓たちがきびきびと出てきて、足拍子を踏む。外は桜が満開である。下手の花道の奥では、青地に桜模様の着物の女たちが背筋を伸ばし、太鼓や鼓、鉦を叩く。反対の上手の花道の奥には年季が入った地方が三味線を弾く。これが終わると第二幕、三幕と展開し芸妓の本格的な舞を見ることができる。私はなぜか、今も、最初の総踊りが好きでたまらない。初心な良さが井上流の動きのエッセンスの中に納まっている。この舞妓の踊りから八千代の人間国宝の舞まで、興味はつきないのである。

井上八千代の師匠である三世八千代、片山春子の厳しい稽古を見た文人、坪内逍遥の文章を引用した映画もあった。「永字八法で正階筆法を習わせておいてそれから正階ずくめで千字文を習わせ、それが進んで行書、草書という教え方であり（中略）、指す手、引く手、一挙手、一投足、腰のすわり、首、肩、爪先、目の動き、裾さばき、一点一画をおろそかにしない鮮やかさ」。

こうした井上流の稽古は左稽古で行う。師匠と弟子は対面する。扇は右手に持つが教える師匠は逆の左手に持ち、すべての所作を鏡に映すようにして教える。三千子は教わってばかりの時は幸せだったと思う。教えるのは難しい。相手は舞踊家ではなく、舞妓や芸妓だ。手ほどき曲を飛ばしてすぐに座敷で舞える曲を教えなければならないこともあるだろう。今、三千子は多くの素人にも稽古をつけている。教えるうちに、ふと自分の手に入ることがたくさんあった。その風景を見てきたスタッフは取材メモにこう書いてきた。

「稽古は一人三十分がひとコマ。午前十一時から始まり、夜十一時くらいまでスケジュール表に生徒の名前が書いてあった。驚いたのは、一人ひとり入れ替わり稽古が進むのだが、すぐに三千子さんが節を口ずさむのだ。練習している演目が異なるのに、三千子さんはどの曲の稽古をつけるのか何も見ずに把握している。生徒が交替した時、間髪入れず節が口をついてでてくる。振りと曲が体に染みついているように思えた」

女性特有の柔らかい線、扇の骨の間からこちらを覗く色気、一方で能からきた直線的な動きが混在している。初心者の稽古では、「おいどを下げて」という言葉が何度も出てきた。「おいど」

とはお尻という御所言葉だそうだ。出た足と引いた足のまん中に腰を下ろす。きびすを上げる。そして、間《ま》、チントンシャンが、チントン・やっ・シャンと変わると難しくなる。「おい」「まだぇ、まだぇ」「おい」「とん」「待ってるの、まだぇ」「おいどを下げて」。江戸の踊りが躍動的で曲線を描くとすると、舞は静的で直線的だ。腰を入れて摺り足をうまくやると体が舞台の上を滑るように動く。手先と足をきれいに、山を見る時は山を見るように、水を見る時は水の流れを見るように、顔には出さず内に秘めた心で表現する。おなかで舞えと叱られる。京舞では年を重ねなければ、技量は良くても舞が良くないことがある。それは、「おなかができていない」からだと言う。

おなかとは何か、それは曰く言い難いが私は言葉に乗せて舞うのだからだと思う。西洋のようにメロデイに乗せて体を動かすのでなく、歌詞があってそれに合わせて体を動かす。井上流歌集には、その昔の歌謡、物語、能の詞章など、古典から採られた言葉のエッセンスが二百曲を越えてずらりと並んでいる。この言葉の解釈の深さと表現が舞い手の年輪とともに形として出てくる。四世井上八千代への聞書に、内弟子に入った頃の三世の話が出てくる。「『舞は地がちゃんとおなかに入ってへんと舞えへん。三味線をしっかりと覚えとかなあかん』。しばらくは舞のお稽古はそっちのけで、三味線の稽古ばかりして下さいました。

（中略）お願いするのは一日の稽古が済み、晩ご飯も食べおえて、お師匠さんがほっとなさった時です。『御師匠さん。三味線の稽古をお願いします』『ああ、こっちおいで』。稽古が済むと、私は二階へ駆け上がります。そして、三～五番ほど一人でおさらいしました。子どものことですから、そのうち声が出なくなります。それでもかまわず遮二無二唄い弾きまくりました。御蔭で、初歩のものはいつでも弾けるようになりました」。

祇園に継承の時が来た

祇園に流れる継承の時を記録しようとする私たち取材班のカメラが初めて回った。自らの命の終わりの時を察して後継者に舞が伝えられる現場を目にする。「山姥《やまんば》」の稽古が行われた。新門前にある井上家の三十畳の稽古場に、四世井上八千代が座った。厚い座布団に座る姿は老人だが、眼鏡の奥は光っている。三千子が前に座り、扇を置いておじぎをする。二人だけの稽古が始まった。「山姥」は、山に棲む女の妖精だ。前半は、廓につとめていた女の華やかさと移ろう男心への嘆き、後半では、鬼女となって山をめぐる場面、前半は柔らかく、後半は品位と厳しさを持って舞うものとされている。むずかしく各流とも奥許しとされているものだ。「面白や面白や　鬼女が有様　見るや見るやと峰にかけり　谷に響いて　今までここにあるよと見えしが　山また山に山廻り山廻りして行方も知らずなりにけり」(地唄、荻江節)。山姥は山めぐりをするうちに、自然そのものとなり、生そのものとなる。

稽古が終わり、ついに四世井上八千代がカメラの前に座りインタビューを受けた。三千子さんと並んで質問をうける。「舞にとっては、地唄もんと男もんとまたきついもんと色々ありますさかいに、それを分けて舞うようにせんとね、どれでも同じ手順したらええだけではいきませんやろ、今の山姥でも紅葉を色よくこうして出ていったら紅葉をこういっぺん見て、ほいでずっと手をこう下げるという具合にせんといかんと思います。まっすぐに腰を入れて何でも目で花なら花、悲しかったら悲しいように心で思う。なかなかできへんな。まあ、六歳から習いに来はっても、はたちをすんで二十五ぐらいから意味がわかってくるのと違いますか。初めは手順を覚えはるのが能ですね。そんで段々二十五済んで自分の気もそういうようになってくると、三十代から四十、五十歳まででですね、ええのは。五十済んでしまうとちょっと老人向いてくるさかいに、いろいろになります」。

三千子によると八千代は五十八歳の時、不振になった。能楽師である夫の博通《ひろみち》五十六歳が神社での能舞台の最中に倒れた。それから舞が不調となり体も不調となった。三千子が学校から帰るといつも臥せっていた思い出がある。しかし、七十代になって舞が風合いを変えてよみがえった。それまで自分に合わないと言っていた艶物を舞うようになる。八十歳代になると体がついていかなくなり、そのままの形で舞えなくなった。三千子は座ったままで舞ったり立ったままで舞ったり、年齢に応じた舞でよいと思うのだが、八千代は型通りで舞いたいと思っていた。九十代になると八十代で感じた葛藤は消えたように見え、型にとらわれず、心持ちのまま自由に舞っていた。

ある日の「黒髪」だったかもしれないが、舞台当日に、一振り一振り全てを変えたことがあった。何かから解き放たれたようで、自由な舞というものを見せてくれた。三千子は四世の師匠、片山春子、三世八千代の舞をフィルムで見たことがある。驚いた。四世は三世の型通りに舞っているが舞の中身は大きく違う。三世は長身で大柄、豪快だ。一方の四世は小柄だが、舞が大きい。今の八千代の舞には、生まれ出たばかりの子どものような瑞瑞しさと、大地に根の生えた力強さがある。

新派公演、三世八千代と四世八千代の物語

四世井上八千代は舞妓として祇園に入ったが、やがて三世井上八千代（片山春子）の家に住み込む内弟子となった。厳しい修行の日々は、新派の名舞台となっている。昭和三十五年四月に明治座で初演、三世役が花柳章太郎、後に四世となる愛子役が水谷八重子、脚本が北条秀司である。劇中には、「猩々」や「長刀屋島」「京の四季」などたくさんの舞が出てくる。初演の時は四世八千代が三日間東京築地の旅館に泊まり込み指導した。

私が新派の舞台「京舞」を見たのはこの継承の記録を放送した翌年、平成十三年七月のことだった。この時の春子は二世水谷八重子、愛子は波乃久里子、舞の指導はのちに五世井上八千代となる三千子がつとめていたという。

第一幕、稽古でうまくいかなった舞妓のまつ子はおトメという稽古場立ち入り禁止の罰を受けていた。同じ十五歳の愛子がおなかを空かしているまつ子に内緒でおにぎりを持ってくる。井上愛子、四世のことである。春子が帰って来る。まつ子と愛子が出迎える。春子はまつ子におなかを空かしているのに感心だとまつ子に夜通し教えようとする。師匠の前に立つまつ子は緊張のあまり二度間違ってしまう。春子は怒鳴って扇を投げつける。一目散に走り去るまつ子を追おうとする愛子を引き止めた春子は、今度は愛子におさらいを命じる。何度やり直させても気にいらぬ春子はやってきた門弟頭松本佐多に、この娘はものにならんよってあんたに返すと言う。つき放された愛子は、真夜中に稽古を始める。それを見ていた能楽師の道を歩んでいる博通がパンの入った袋を手渡す。頬張る愛子に涙があふれてくる。それから、数か月後の晩秋のある日、愛子は亡夫の墓参りに行った春子を迎えに円山公園に行く。穏やかな時のなか、祇園の有力者、茶屋一力の主人との話の中で、春子は京舞を託す意中の人の名前をあかした。春子の口から愛子の名が出たのを知った愛子はいつも励ましてくれる茶屋の女主人、おまきに抱きついて泣き出した。しゃくりあげる愛子の背中に赤い紅葉がはらはらとこぼれ落ち、近くに、知恩院の鐘が鳴った。

そして、第二幕が揚がると十八年の時が流れている。三世家元の百歳の長寿を祝う会、手打ち花づくしという儀式の場面がある。舞台上の二十人を超える芸妓たちの頭には手拭いが結ばれ、手拍子が響く。華やかさに目が奪われた。第三幕は昭和十三年の片山家の二階座敷。三世井上八千代が百一歳の長寿を全うして亡くなった。祇園の有力者たち、高弟たちは家元の枕辺で、愛子を四代目に推した。愛子は固辞したが、夫の博通からも「皆さんのご好意をお受けしなさい。わしもすすめる」と言われては仕方がなかった。尺八が聞えている。春子の霊前にひとり残った愛子は、思い余って枕頭に向かって手をつく。「……御師匠さん……えらいことにえらいことになってしまいました。どないしたらええのどっしゃろ……」。

大詰めの第四幕はそれからまた戦争をはさんで二十年の歳月が流れている。昭和三十三年の早春の午後、愛子は芸術院会員に推挙され、そのお祝いの会が祇園甲部歌舞練場で開かれた。雪が降る夜の帰り道、愛子の脇を手拭いをかざした老婆が通りかけた。茶屋の女主人をしていたおまきは京都から姿を消したままだった。事情があって京都にいられなくなり今は奉公の身だという。陰で励ましご馳走もしてくれた。愛子も円山のおばちゃんと慕っていた。「今日じつは歌舞練場の二階の隅から、そうっと舞台を見せてもろてましたのどす」。愛子が私の家に来て一生そばにいて下さいと言うと老いた肩が震えた。雪はまた降り始めて、愛子はおまきに傘をさしかけた。「すんまへん、芸術院さんに傘さきさせてもろたりして。罰があたります」。寂びた地唄の音色が聞こえる。薄雪のなかを歩く二人の背中、雪が強くなって、幕が降りた。

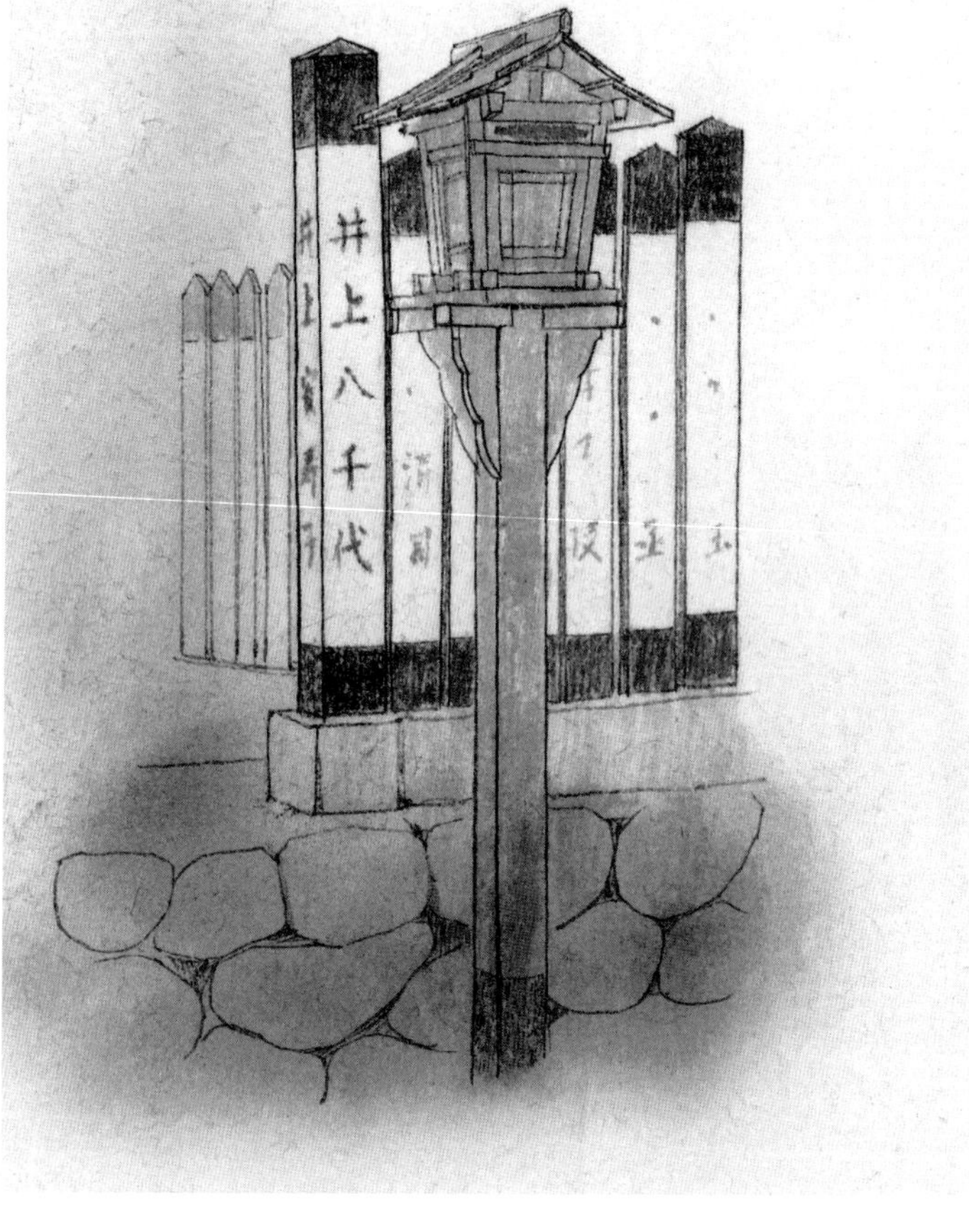

伝統的建造物群保存地区の入り口付近にある芸事の神様

地唄舞、「虫の音」

祇園に継承の時が流れて行く。山姥の次に稽古の演目となったのは「虫の音」だった。四世井上八千代が初めて「虫の音」を舞ったのは五十七歳の時だ。三千子は四十三歳、まだ十四年も早い。三年前、「舞ったらどうや、と言われたこともあった。「ちょっともったいないし、まだとっても無理ですからって言うて辞退したんですが、なんちゅうことを言うんやと怒らはったと思うんです。今、『虫の音』と出会って良かったと思う面もあり、あの時に習っておけばよかった、惜しいことをしたと思う面もあります」。

古今集の序に「松虫の友を思い」とある。そこから能「松虫」が構想されたという。昔、松原を二人の親しい友が通った。一人が松虫の音に心をひかれて奥へ入り、そのまま叢の中に死んでしまったので、友は死骸を埋めた。死んだ友を思って今は亡霊となって叢で酒を興じていると言って立ち去る。中入りのあと、その亡霊があらわれ友と酒宴をして愉しんだ思い出を語り舞う。地唄の後半は能の最後の部分の詞章と同じだ。「面白や、千草にすだく虫の音の機織る音は、きりはたりょう、つづり刺すてふ、きりぎりす、ひぐらし、色々の音の色音の中に、わきて忍ぶ、松虫の声、りんりんとして、夜の声冥々たり、すはや難波の鐘も明け方の、朝間にやなりぬべし、さらば共にと、名残の袖を、招く尾花の、ほのかに見えし跡絶えて、草茫々たる阿倍野ヶ原に、虫の音ばかり残るらん」。

三千子は四世の映像を参考にまず、その型をなぞることから始めた。

四世は三世の「虫の音」を見た時のことを病気休演となった公演のプログラムにこう記している。「御師匠《おっしょ》さんが八十六歳で舞わはった時の虫の音に聞きほれたる姿、また、九十七歳で舞わはった時は、耳がもう遠なってはったのに、そんなことがちっとも感じられへん舞ぶり、忘れてません。それから長い間舞われへんだもんで、三世二十五回忌舞の会で私が御師匠さんの舞台をおもいつつ改作上演させてもらいました」。三千子はここ数年、八千代の稽古が少なくなり、舞が見られなくなってきた頃、三世八千代と出会っていた。見た映像は九十歳代ばかり、強靭な体、大きな舞、名人の姿だった。繊細で深い四世八千代とは芸風が違う。「舞がすごいなと思いまして、三世の舞に、私が出会うことによって、力づけられたんですね。今まで四世八千代というのんで私は生きる力をいつも得ていたわけですけれど、逆に行きあたって、一体どうしたらええのかなと出会ったのが三世、こういう舞をしてはって、そこから四世の舞が生まれてきたと。それを自分自身にもつなげるという使命もあれば、違うことも考えていって、ともかく地道に積み上げるしかしゃあないなと」。

井上流の舞は型と教えられ、「虫の音」の稽古も四世の前で舞いながら、ひとつひとつ型を確認してきたが、「虫の音」を三世、四世という流れで見ると、四世は三世のものを改作し、男の友情の物語が、自然とたわむれながら一人の男がぽつんと生きている様が浮き出るものに変わっている。型の中にそれぞれの表現と息遣いがある。初演の写真を見て感じた粋な「虫の音」、六十歳代の華麗な「虫の音」、七十歳代にはたくさんの舞台で「虫の音」を見た。「段々と穏やかになって、虫の音を聞くところが段々凄くなって印象に残るようになってまいりました。阿倍野ヶ原に一人いる姿、月あかりの中に、虫の音を聞いている一人の人がそこに現れ出た感じ、人間の、たった一人で生きている様が、もう舞台の上にまざまざと出ていたともいうんでしょうか。それから、十二、三年前、心筋梗塞の発作を起こしてひと夏休んだ後、初めての舞台が大阪の文楽劇場で『人間国宝の会』でした。その時、舞台の動きは小さかったけれど何か命の限りみたいな、違う寂しさがあって、私は色々な『虫の音』を見してもろうたなという風に思うてます」。

二回目の稽古の前の三千子のインタビューでは命の限り舞の極意を伝えようとする師匠の稽古の具体的な様子がわかった。「一番最初に見てもらった時、物思いに更けるようなところをちょっと力を抜いて、それから男であるけどあんまりいかつくてもいけないやろという感じでお稽古を見てもらいましたら、『あの、女と違うえ』と言われまして、もうちょっと手も大きく腰も入れて、膝も割ってと注意されました。この間は強くなりすぎたんやと思います。足拍子が強すぎると、「そんな踏んだら虫が逃げてしまうわ」って言いました。その辺の加減が、私自身祖母の舞は世間でいう老成したものでなく、いつも若々しく感じてきましたので、その方がとっつける面かなあと思ったんですけども、そういうことよりも簡単に祖母が言いますけれども腹がないということでしょうね。もう少し曲の持つ重みみたいなものがやはり必要やと、普通のものやないんやと、軽く舞うものではないっていうことを言おうとしたように思いますけど」。

数日後、稽古が終わると三千子の表情にほっとしたものが見えた。「型に厳しい御師匠さんが、ここはこれでよろしいかと聞くと、上げても下げても、どっちでもええよと言わはった。こんな言葉は初めて……」。手の位置か、扇の先のことなのか、良くわからないが、三千子の顔は晴れやかだった。

都をどりの稽古開始が近づいた二月二十八日、井上家の前に小さな行列が出来た。三千子が私的に開催している「澪《みお》の会」、勉強中の舞をそのまま人々に見てもらう会の名前「澪」は、船が海へ出て行く道のことだ。三千子は、御師匠さんに祇園全体の舞妓や芸妓、地方が身をゆだねるように自然についていく姿を見てきた。舞うのは「虫の音」である。稽古場は、観客と二台のテレビカメラでぎっしり埋めつくされた。そして、四世井上八千代がそっとあらわれ、舞台の外の一段低い廊下に座った。その前の襖は少し開かれている。三千子が登場した。着物は八千代が八十歳の時に「虫の音」を舞う時に新調したもの、帯は五十七歳の「虫の音」初演の時に舞った時の物を締めている。三千子はそれぞれの時の師匠を思い浮かべながら舞う。

私は、舞はよく見えないが、それを見ている八千代の姿と表情がよく見える場所に座った。舞の間中、襖の隙間から洩れる明りで浮かび上がる四世八千代の表情を見続ける。三千子への命を削る一対一の稽古をしながらもらしたひとこと、「虫の音、ええなあ、うちも舞いたいなあ」。「虫の音」は、八千代がその年齢、年齢で愉しんで舞った曲だ。今、八千代はみじろぎもせず三千子の舞を見ている。三千子の娘、安寿子には「お母さんが済んだら、今度はあんたへ」と言ったそうだ。

姿

井上八千代に関心を持つきっかけとなった白洲正子著『姿』には、こう書かれてあった。「草原に一筋の道ありて、そこに人生がある。生きるものの気配は、虫の音のみ」、井上八千代の舞が最も美しいといった白洲正子は最初に会った時に芸道の核心について聞こうとしたが、八千代は拭き掃除や走り遣いに追い回されて、……見て覚えろと言われていたが見るひまもなかったと答えたと書いている。「自然に覚えまして……というところに日本の芸道の特徴があるのかもしれません。西洋の芸術は技術が第一です。ことに舞踊は人間を機械化して見せますが、日本の踊りは自然で単純でもあります。芸道という言葉が示すとおり、本当の修行は日常生活にあり、舞台はそのあらわれにすぎない。だから西洋の舞台芸術にとって若さが第一条件なのに、日本のものはどちらかといえば老人に、……人間として完成した時、初めてその美しさが表現されるのです。そのためにはじっとこらえて待つより他はない。技術は若い時に出来上がってただ待つのです。急いではいけない。あせってもダメ。全ては時間に任せてだまって生きて行く」。

天気の良いある日のことだった。三千子に稽古をつけていた八千代が立ち上がり、口ずさみながら舞い始めたのだ。驚いたカメラマンはあわててカメラを回した。「酌めや泉下の谷の水、結べや共に壽を、なお栄えなん三千年の宿」。菊の花びらに露が溜まってできた不老長寿の水を飲み交わしたという物語、「菊」は井上流では許し物とされ、許可がないと舞えないものだ。扇をかざして舞う姿にこちらも背筋が伸びた。そんなことを思い出しながら今「澪の会」で、私は三千子の舞を凝視する八千代を見続けた。三千子が舞い終わったらしい。八千代は人に支えられて立ちあがり、廊下の奥へゆっくり向かう。このあと、三千子の口から八千代を継ぐことになったという発表があり観客を驚かせたが、その頃には八千代の姿は消えていた。私は新旧交代の現場を見た。

祇園に桜の花が咲いた。三月三十日頃から祇園のお茶屋や歌舞練場に、四月八日に放送が決まったＮＨＫスペシャルのポスターが一斉に貼り出された。稽古場の大きな写真、八千代が坐って三千子の舞を見守る。そして、続けられていた都をどりの準備は、二十五日から舞台稽古、三十一日おおざらえと進み、四月一日には華やかな開幕を迎え、私も客席にいた。新千年名所図絵全八景、西暦2000年の都をどりは、三千子の指揮のもと何事もなかったかのように執り行われ、最後に舞妓や芸妓たちの総踊りがあり閉幕した。まもなく「祇園京舞の春〜井上八千代三千子　継承の記録」を放送、さらに拡大版を制作し美しい映像のハイビジョンで放送することになった。こちらの制作は、五月十四日の四世の誕生日に行われた八千代の引退と三千子の五世襲名の発表をまたぐ形で進めることになったが、番組の最後の部分を大幅に書き換えなければならないと思った。四月八日の放送では、「数々の厳しい稽古を刻んできた井上流の稽古場。四世井上八千代から五世八千代へ、千年の都に、新しい歴史が始まりました」となっていた。拡大版は七十五分あり、たっぷり語り込めたため、もっと大きなことを言わなければならなくなった。「能、狂言、茶、花、書、和紙、絵画、建築、庭、京都のあらゆる伝統がこうして受け継がれてきました」

四世八千代から井上愛子に戻った祇園の御師匠さんは、平成十六年、春三月に亡くなることになる。その直前の秋に見た四世井上八千代、愛子、九十七歳の舞が忘れられない。五世の襲名披露公演が行われた。この時四世は「七福神」を舞った。井上流では手ほどき物のひとつとして子どもが習う舞だ。井上愛子は明治四十三年、数えの六歳の時舞っている。三千子も安寿子も舞っている。「……笑ふ門には福来る」。この舞を、どう表現したらいいのかわからない、仏様が立っているような、子どもが踊っているような、これを「老木の花」というのだと私は思った。

平成二十五年（２０１３）十一月、国立劇場で京阪の座敷舞を見る会があった。最初は四世八千代が最期に舞った「七福神」、その時、舞台で後見を務めた幼かった三千子の娘、安寿子が立派に成長し登場した。春の七草を摘む娘姿に初春のめでたさを重ねて舞う。公演の締めくくりは五世八千代の「水鏡」、四世が芸妓に良く教えていた曲だという。琵琶湖の澄み切った水面に近江八景を絡ませて女の恋心を映し出す。

私が四世の病気休演を知り井上八千代という名を心に刻むようになってからすでに十五年の歳月が流れた。

第三章　草の響きと、風の盆

坂の町、越中八尾《えっちゅうやつお》

北陸にある富山市八尾町は東京からは遠い。近年の合併前は婦負《ねい》郡八尾町といった。不思議な名前だが、その昔、沼に落ちた女神を男神が背負って助けたという伝承があるらしい。日本海から立山を越えて強い風が吹く町だ。江戸末期から明治にかけて生糸繭の産地、交易市場の町として栄え「おわら風の盆」を育てた。「おわら」とは七五調の唄のことで、「風の盆」は毎年九月一日、二日、三日に行われる。

飛行機で富山まで行く方法もあるがそれはもったいない。えっちゅう、おわら、かぜのぼん、どこかで聞いたような言葉の響き。私は少しずつ、あの場所へ近付きたいのだ。新幹線に乗って越後湯沢で特急「はくたか」に乗り換える。昼間は右に日本海、やがて左に立山連峰が見えてくるが、私が乗った列車は夜の闇を走っている。この旅は何度も重ねて行くたびに、富山には深夜の十一時すぎに着く夜の旅に変わった。北陸本線の特急列車は客がまばらで、レールの「ごとごと」しか聞こえない。時たま居眠りするとまた海や山の情景が目に浮かぶ。

さあ、富山駅到着だ。タクシーに乗り込む。「八尾の川を渡った踊りをやっている所へできるだけ近づいた所まで連れて行って下さい」。一路、川沿いの暗い道をひた走る。一時間はかかる。途中、広い道に出ると風の盆見物の観光バスと次々にすれ違う。見物して帰っていく団体さんたちだ。富山、金沢、飛騨などの宿へ帰るのだろう。「ご苦労さまでした。ゆっくりお休み下さい」と労をねぎらいつつ、内心これで静かにおわらが見られると胸が高鳴る。いつしか、この時間にあの場所へ向かうようになったのだ。

越中八尾へ行くようになったのは平成十一年（1999）にNHKのドキュメンタリー制作の話が持ちあがるその何年も前で、東京からのあまりの遠さと不便さに困った。旅行会社が募集するツアーに参加する気はない。団体旅行は苦手な性格なのだ。富山から高山線の越中八尾までの列車の接続、帰りは北陸本線でなく高山線で名古屋経由にしようとすると特急列車は一日数本しかなく、それも時間がかかる。飛行機を使って富山へ降り立ったこともあったが、情緒に欠ける、そういう気分ではないのだ。そうこうして、深夜に到着して宿はとらず、そのまま現地へ行き見物、朝帰るというふうに変わっていった。

日が沈み夕飯が終わった頃から十一か町のあちこちで輪踊りが行われる。これは町の公式行事だ。私が見たいのは観光客が帰り、子どもたちが眠りについた夜半から始まる町流しだ。

おわらの舞台、ぼんぼりが並ぶ街

あちこちの路地と広場をめぐると思い思いの町流しと出会う。それを探し求めて彷徨するうちにいつしか自分も闇の中に溶け込んでいる。私が乗ったタクシーは八尾の駅近くを通り過ぎ、井田川の橋を越える。あの暗い丘のあちこちの通りや商店街、寺などがおわらの演舞場だ。タクシーを降りる。深呼吸をしてから十分ほど歩くとぼんぼりが波のようにゆるやかに町を貫く通りに来た。おわらの響きが聞こえ、見物の人々の頭の向こうに編笠がゆれ、白い腕が動き、指が天を指す。ここが私のおわらを見るベストポジションなのだ。そこは十一か町のひとつ諏訪町《すわまち》だ。千本格子の家並みに冬は雪流しの水路となる用水「えんなか」が流れている。水の音、おわら、ぼんぼりの明り、幻想的な舞台ができあがるのだ。

三味線と胡弓の遠い過去から聞こえてくるような懐かしい響き。踊りは、男は黒の法被に股引姿。手を左右に広げると案山子《かかし》の形、稲の束を巻くしぐさもある。男の直線的な力強さと対照的に女踊りは静かだ。ある晩の夜更け、数人の男女が人通りの少ない路地から突然私の前にあらわれた。編笠に顔を隠した女の顔は見えない。浴衣の袖で動く指だけが見えた。影絵のようだ。踊りは四、五人のグループ、気の合った仲間だけの町流しだ。その後に続く胡弓と三味線の数人、やがて闇の向こうへ消えていった。

闇の中での幻想的な踊り

テレビの企画が動き出した平成十一年の初夏、私は初めて日常的な時間が流れる昼間、この町に立った。ふだんは静かな町で、おわらの幻想空間があらわれる所には見えない。その昔は職人町だったらしく、そういえば家並みがさばさばしている。ここから十分ほど井田川方向に歩くと石の階段がある。その下は広場で、公民館がある。ここが鏡町の演舞場となる。諏訪町とは違い、色街の風情をわずかに一軒残る旅館が醸し出している。私にとって三味線と胡弓の響きは諏訪町などが、踊りはここ鏡町《かがみまち》が一番だ。町の歴史からか、色香がほんのりと感じられるのだ。

越中おわら風の盆、撮影できたら映像は美しいだろう。問題はドキュメンタリーとしてどう構成するのか。おわらを通して何をテーマに描くことになるのか。このことが大問題なのだ。しかし、当初はどう撮影するのか照明問題の解決にあけくれた。明りをつけての撮影は禁止されている。でもつけないと映らない。特に高画質のハイビジョンカメラで撮影するのだから、通常のカメラより光量が必要なのだとその当時は言われていた。もう普及した今はそんなことはないのだが。インスタントカメラのフラッシュを焚いても、観光客は厳しく注意されるのだ。保存会に話をしてもとりあってもらえる話ではなかった。風の盆が始まる一週間前のことだ。少しずつ踊り手たちの気分を盛り上げていくため、おわらが行われた。そこでテスト撮影をした。その映像を見て、私もスタッフも「おーっ」という声をあげた。照明を一切使っていないのにぼんぼりの明りによって映っている。全体は映っていないが、編笠も、手の動きも見える。浴衣の色も鮮明だ。むしろ、暗いところの黒も、ハイビジョンの黒は深く美しい。映って欲しい。映りすぎても困る。そうした勝手な心配が一気に解決したのだ。三味線や胡弓、太鼓、音を収録するのも映像以上に手がかかる。数人の音声マンが、楽器の音だけでなく、踊り手がそっと土に足を落とす瞬間の草履の音も狙う。祭りの間、町の一軒を借用してそこを実施本部にして陣取るロケ隊の士気も高まる。こうして迎えた風の盆初日はなんと雨となった。二百十日の雨除けの祭り、雨はつきものなのだ。

祭りを番組にするのは簡単だ、撮影しただけで面白い。ドキュメンタリーの作り手としては腕の見せ所に欠ける、できればやりたくないと思ってきた。祭りの企画しか考えられなくなったらもうおしまいだと。おわらに惚れ込み何度も通っていたが地元富山放送局から企画があがってきた時、まったく関心を示さなかった。撮影すれば絵にはなる。音もにぎやかだ。祭りの番組は氾濫するほどある。しかし、そうした番組は何も描いていないように思えるのだ。テーマがない。ドキュメンタリーは取材するうち今につながるテーマを発見し、それを伝えるために構成されなければならない。その瞬間を映すだけの生中継では伝えられない深いメッセージを映像の物語を通してテレビを見ている人々の心の奥に届けたいのだ。当時、東京で全国の報道系の企画のとりまとめ役をしていた。ＮＨＫスペシャル事務局から、映像が美しいハイビジョンの時代の本格的な到来に備え企画の幅を広げたいので、富山局からあがってきた企画を採択できるようにして欲しいという指示をうけた。

現地局へ行く。やはり美しい映像にもたれかかった議論が続く。おわらの踊りの映像の中に、胡弓や三味線、歌の名人の話が羅列されている。型にはまったお祭り番組だ。映像が美しいことに満足してしまって、その先を語ろうとしない。この意識を払拭させる責任が私にはある。これが簡単ではないのだ。今のレベルでは全国の人々が見る「ＮＨＫスペシャル」として成立しない、企画も通らないと断言した。ようやく視聴者が見ようと思う動機につながる現代的なテーマは何だろうかという検討が真剣に始まる。

昭和から平成へ、おわらを求めて全国から見物にやってくる人々が増えている。三日間に三十万の人々が遠い八尾にやってくる。それはなぜか。今に生きる人々はおわらに何を求めているのか。

取材を続けた平成十一年は地震が相次ぎ台風も来た。東京池袋での通り魔事件、携帯電話の普及とそれによる犯罪、そうした時代は、昭和にはなかった平成の時代が持つ危うさと不安を抱かせた。時の流れの速さ、とりとめのなさ、癒しを求める心の高まりと、おわらはつながっているかもしれない。

心が溶け合う三日間の始まり

こうして模索をしていく中で、視点をはっきりさせるために、おわらの三日間に流れる時間を描こうと決めた。一年に一度越中八尾の人々は、それぞれが生きる人生の楽しさ、辛さを編笠の奥に隠して、ひたすら踊り演奏する。最終日には明け方まで町を流すという。私はようやく見えてきたテーマが拡散するのを防ぐためには、「越中おわら風の盆」というメインタイトルに加えて、番組の枠組みを示すサブタイトルを今の段階で付けなければならないと思った。ドキュメンタリーはドラマのような脚本はない。現場で起きた瞬間、瞬間を、撮るのか撮らないのか、即座に判断しなければならない。テーマがあいまいなままで撮影に突入すると、今回のように三チームも撮影隊がいる場合、ばらばらになる可能性が高い。タイトルの「越中おわら風の盆」に「〜心がとけあった三日間〜」を付け加えた。これによって番組の枠組みが絞られた。生まれ育った土地に今も生きる人々、都会での生活を求めた人々。祭りの初日、人々は仕事を休んで越中八尾に集まる。そして、手探りで体を動かし、仲間たちと呼吸を合わせる。二日目、三日目、この三日間、人々の心が溶け合っていくプロセスを描きたい。番組の主役は三日間の時間の流れだ。その中でわかりやすくするために何人かを大きく扱うが、個人を描くのが目的ではなく、群像の一人として描く。しかし、群像を描くのは難しいのだ。誰がどうしたこうしたという一人の人物から入る方がわかりやすく簡単だ。しかし、そのレベルでは時代は描けないのだ。群像を描き、今の時代が持つ渇きを描くのだと何度もスタッフに言った。ついにその九月一日が来て、私たちは三日間、町のあちこちを動き回った。


風の盆、一日目。

番組の冒頭は雨の場面となってしまった。雨のカーテンが視界をさえぎる向こうに浴衣の女たちが踊る。これはこれで今年の記録だ。

いつもは、夕飯を食べた頃から、町内ごとに輪踊りが始まる。大人も子どもも参加するいわば公式行事としてのおわらだ。ひとしきり町内を巡って、夜が更ける十一時頃には町内の行事は終わる。十二時すぎて通りが静まった頃、大人たちが三々五々集まり、気の合ったもの同士で行く町流しが始まる。しかし、今年は雨のため夜十時を回っても始まらない。造り酒屋や古い旅館が昔のにぎわいを残す西町公民館の二階のベランダで待ち切れずおわらが始まった。娘たちが揃いの浴衣を着て踊る。撫子色の地、腰周りは一段と濃い茜色に染められて、袖には唄の文句が染め抜かれている。奥から三味線と胡弓の音が聞こえる。外は暗いが、雲が切れた間から丸い月がようやく見えるようになり、雲が少しずつ流れて光を増しているのがわかる。三味線を持った男たちがぞろぞろ通りに集まる。夜半すぎ雨があがった。諏訪町の飯島善次さんはリーダーだ。三味線を手に空を見上げてつぶやく。「やっときたかな。待ってたかいがあった。ようやく目がぎらぎらしてきた」。胡弓も太鼓も揃っている。男も女も、踊り手が集まった。飯島さんが今年最初の掛け声をかける瞬間、「はい、いくよ、ほっ」。バチが三味線を叩き胡弓が続く。ぽんぽんと軽い太鼓の音が心地良い。今年の風の盆が始まった。

この諏訪町は「日本の道百選」に選ばれた。石畳が続く坂に見渡すかぎりぼんぼりが灯る。坂がもたらすぼんぼりの列のゆるやかな傾斜、格子のはまった窓が引き締める仕舞屋《しもたや》風の軒が連なる通りは明るく照らされ音が響きわたる。人々の見慣れた町は最高の舞台となった。おわらの基本である旋律を何度も繰り返す。前囃子が「唄われよー　わしゃ囃す」と出て、本歌が高い声を振り絞る。「八尾おわらをしみじみ聞けば、昔山風　おわら　草の声」。町を流す編笠に顔を隠した女踊り、その仕草は川にホタルを追い求める姿を表している。男踊りは鍬を打ち、大地を耕す姿をあらわす。力強く直線的に手と足を動かす。手をひろげる瞬間、稲穂が実る中に立つ案山子となる。三味線だけで何人いるのだろうか。八尾の町全体で三百人を超える。この日のために一年中練習し、何十年もかけて踊り手や弾き手が育っていく。

風の盆恋歌

この街を舞台にした小説がある。諏訪町に家を借りて、一年に一度都会からやってきて逢瀬を重ねる男女の禁じられた恋の物語、家の前には女が植えた酔芙蓉《すいふよう》の花が咲く。朝の咲き始めは白く、昼頃にはほんのりと赤みがさし、夕方にかけて紅色へと酒に酔ったかのように色が変わり散る。若い頃のお互いへの恋心をかくして他の人と結婚し離れ離れの歳月を送った男女。もう五十歳になろうとしている。そして、二人はふとしたことから再会し、八尾で逢うようになるのである。

直木賞作家、高橋治の小説『風の盆恋歌』によって「おわら風の盆」は全国的に知られるようになった。芝居にもなり、私は東京の帝国劇場での佐久間良子主演の舞台を見たが、舞台のセットの家の前に酔芙蓉があしらってあった。八尾に長く滞在し、おわらを知り尽くした高橋治の文学的表現はこうである。

「おわらは曲の弾き出しの三つの音を三味線が弾く。そこで胡弓が加わって、地方が肩から体の前に吊ったしめ太鼓がリズムを刻みだす。三味線は弦をはじく楽器だから音と音はつながらない。その間を弦をこする胡弓の音が埋めていく。性質の違う二種類の弦楽器が、呼び合い、答え合うように演奏される。三味線が歌い、胡弓は歌が掬いきれなかった情感を訴え続けるように聞こえる。水の音に胡弓の音色がいかにもよく似合う。その上、裏声に近い高音で歌い切るおわらにも、胡弓はしっとりと寄り添う。長く声をひく歌い方の途中には際どい節回しが入り、胡弓はその節回しを忠実に追っていく。だから、聞きようによっては、おわらは人が歌うものではなく、胡弓が歌っているようにも聞こえる」

私たちが取材した平成十一年のおわらは、初日、夜も更けるまで続いた。通りや路地で、広場などでいくつもの流しが行き交う。七五調の短い歌詞に八尾の風情だけでなく、男と女の心情も歌いこまれている。

「軒端《のきば》雀がまたきて覗く。今日も糸繰りや　おわら　手につかぬ」。こういうものもある。

「おわら踊りの　笠着てござれ　忍ぶ夜道は　おわら　月明り」

揃いの浴衣

風の盆二日目、この日は朝から晴れ渡った。八尾町はかつて、生糸や紙の取引で栄え、莫大な富を蓄えた町、商人たちは昔の素朴な風習を洗練し、粋な文化を創り出した。そのひとつがおわらだ。まだ、街は静かだ。昨日着て踊った浴衣が干され、風に揺れている。艶やかな揃いの浴衣は踊りの正装、上質の生地で作られ、代々受け継がれてきた町の人々の心意気を伝える。鮮やかな緋色のおわらの文句が染められた下新町《したしんまち》の浴衣。腰の周りだけは草色でそこに込められた何か意図を感じる。東西に延びる町の中心、今町《いままち》の浴衣は、もっと明るく軽く曙《あけぼの》色というべきか、おわらの文句を袖に染めている。十一か町の浴衣は、桜色、紅葉色、だいたいが赤系の色だが、異色は東町だ。全身緑系の色だ。天才的な歌い手や保存会の創設者などを輩出した町は品格ある踊りを自負する。新緑の萌え出る草木の緑でもあるし、ごく薄い裏葉色かもしれない。柳の葉が風に裏返って透けて見える緑、粋人たちはそこまで考えたのかもしれない。そこに黒と金銀の市松模様の格子の帯を締めるのだから遊び心もきわまる。

こうした浴衣は、子どもには許されない。一人前の女に成長し踊り手として認められて初めて袖を通すことができる。そして、結婚前の二十五歳以下と決められている。踊りの理想にこだわる定めだ。

町に生まれた女の子は、浴衣を着る時を夢みて育つ。幼い頃から鏡の前で指を動かし、美しさを身につけようとする。明治から昭和にかけて八尾に生きた画家林秋路《あきじ》は上新町《かみしんまち》に生まれ、酒を愛し、美人画を描いた。色街の芸者がモデルとなった。林は多くの板画を残したがそれはさながらおわら踊りの名ポーズ集の趣がある。女の子たちは、秋路の絵と鏡の自分を見比べながら、幼い頃から研究する。そして、伸ばした指の美しさを求め、手を大切に生きるのである。ちょっと後ろに反る姿勢、白いうなじをななめに倒す角度、しなやかな手の振り、なんとなく憂いを帯びた無表情に見える横顔に、開きかけた瑞瑞しい花のような妖艶な趣が滲み出てくる。小学校一年生くらいの女の子たちも髪を後ろできれいに結いあげて花飾りをつける。編笠を被る大人の女性に憧れて育ってきた。

午前九時、まだ静かな通りを娘たちがやってきた。昨夜一つの群像に見えていた人々の一人ひとりが見えてくる。美容院に入っていく。一晩中踊って乱れた髪を結いなおすのだ。風の盆の朝、毎年見かける風景、昨日は踊りの合間、次の出番を待つ間、この一年起きた身の回りのことを話し合った。髪を結う飛騨早苗さんは二十四歳、来月結婚してこの町を出て富山市へ嫁ぐ。これまでおわらから離れないで済むように、学校も仕事も町の近くを選んできた。去年、結婚が決まった時、今年は踊らないつもりだった。しかし、風の盆が近づくにつれ、最後にもう一度踊ろうと決めたという。五人の同級生も今年、揃いの浴衣を脱ぐことになった。八尾に生まれて二十五年、最後のおわらとなった。

昼過ぎからおわらの踊りが始まった。ふだんは学校や会社が違ってめったに会うことのない幼馴染が必ず集まってくる。踊る飛騨さんに笑顔で話しかけている見物の女性はおととしまでこの輪に加わっていた娘さん、赤ちゃんを抱いている。もう揃いの浴衣を着ることはなくなったが、おわらが始まると自然と足が通りに向かうのだ。そこにはいつも幼い頃からおわらで育った仲間が踊っている。それぞれが持つおわらの記憶。飛騨さんは言う。「今までいいなあと思ったのは一回しかありません。町を流していて、道が曲がるあたり、夜が白み始めた頃でした」。幼い頃から踊って一回しか経験していない最高のおわら、仲間との息がぴったりあって、町の風景に溶け込んでしまっている自分、飛騨さんは今年の最後のおわらでもう一度あの感動を味わいたいという思いで踊り続けていた。

江戸の新内と越中のおわら

それは全くの偶然だった。正月明け、東京の深川で行われる新内節三味線の会に足を向けたのだ。小さな会場に三味線を持った新内語りが声を振り絞り、もう一人の上調子という三味線が高い音で寄り添っていく。長唄や常磐津、清元、義太夫などは江戸時代、座敷や芝居小屋で発展した。新内はそれと違って街を流し続けるのだ。「お二階さん、新内はいかがですか」。声がかかると上がって演奏をする。この日の会での家元の新内仲三郎の浄瑠璃には驚いた。高く磨き抜いた声、歯切れのいい語り、「明烏《あけがらす》夢泡雪《ゆめのあわゆき》―雪責《ゆきぜめ》の段《だん》」、吉原の遊女と浅草蔵前の商人との心中物語だ。恋が発覚し、遊女は雪の降りしきる中庭にしばりつけられ折檻される。恋しい男に助け出されるまでのスリリングな展開が、江戸情緒たっぷりに繰り広げられる。こんな世界があるのだ。思わず、帰りがけに入り口でカセットテープの全集を買った。そこに家元夫人がいて、私に声をかけていただいた。「興味がおありですか。しばらくしたら家元が来ますのでご紹介します」。

それから新内を聴きに何回も通うのだが、ある時、チラシが送られてきた。東京で新内仲三郎社中と富山のおわら保存会が共演をするというのである。おわらは見たこともなかったので一度見たいと思ったのだ。たしか、三越劇場だった。まずは、さきほどの「明烏《あけがらす》」を仲三郎と娘の仲優莉との共演。新内を語る親子の姿そのものが絵になって情緒が高まる。

共演が始まった。まず、新内が舞台で演奏した後、客席に下りて流してくる。代わりに舞台におわらが登場して、やがて客席に下りて流す。それが、いつからとなく一緒に演奏を重ねる。不思議に音が合っている。江戸の風と、八尾の野分が入り混じって心地良い。この余韻にひたりながら、私は地元から来た女性の踊りに魅了されているのに気がついた。踊りは富山からの出演四人の他に、東京の舞踊団の踊り手四人がいた。私は熟練されたプロ以上に、地元の娘たちに何ともいえない良さを感じたのだった。

それが二月のことで、緑が濃くなった五月、名古屋から電車に乗って、扶桑文化会館へ行った。この日、踊りは八尾の八人だった。編笠をかぶった踊りは、なぜこんなに良いのだろうと、思いながら終演後に会場を出た。そこに出演した娘たちが丸く座り込んで談笑していた。笠をとると普通の女の子で、茶髪もいる。きゃあきゃあとにぎやかで、あっけにとられた。笠で顔を隠すことが、娘盛りの女たちの踊りをドラマチックにしている。能面をつけた能舞台のとぎすまされた動きでもなく、笠の下で喜怒哀楽を見えなくして熱い思いを発散する。体をゆっくりやわらかく動かす、それが恋心であれば踊りの艶として相手に伝わる。私は、ドキュメンタリー撮影の際にも娘たちが笠をかぶる瞬間を撮影しなければならないと思ったことをはっきり記憶している。

水の音、草木がこすれる音

風の盆二日目の夜がやってきてぼんぼりの明りが再びくっきりと浮かび上がる。遠くから見物に来た人々が、ぞろぞろ歩き始める。通りから家をのぞくと夕飯を済ませ、浴衣を着て踊りの始まりを待つ女性やそれを囲む老人や子どもの家族の生活が垣間見える。それぞれのおわらの背後にある人生のドラマが滲み出てくる時だ。

五十年以上にわたって欠かさず町を流し、今年はそれができなくなった老人がいた。胡弓の名人としてその名が聞こえた伯育男《いくお》さんは八十歳、自らの響きを録音して家でじっと聴いている。この年の三月に脳内出血で倒れた。胡弓の微妙な音色の違いや奥深さを知り始めたのは最近のことだった。思うように左手が動かず、足取りも不確かになった体では自分のおわらは弾けない。まわりの人にも迷惑がかかる、そう考えて今年は休むことにした。

伯家には、おわらの歴史が流れている。十二、三歳の頃、土蔵の奥から見付けた名人といわれた祖父兵蔵のレコードを聞くと今のものとは相当違って何が良いのかわからなかった。だが、周りから名人の孫といわれ、段々と唄うようになった。

やがて、二十九歳の時、自分もレコードの吹き込みをした。高く伸びのある声だ。伯育男は、指導員もつとめるようになって研究のため、明治、大正、昭和のレコードを集めて聴いた。おわらにはその時代の特徴があり、時代とともに変わり続けていた。「ふと気がついたら、明治から大正初めのレコードには囃が入っていない。なぜだろうと疑問に思って、その後先輩に聞いた」。今のおわらにある「唄われヨーわしゃ囃す」と「キタサノサードッコイサノサー」のことだろう。囃から歌いだし、ソロが高い声で本歌を歌い、また囃が入る。立体的で面白いが、それは進化の過程で出来ていったのだ。伯さんは、「伯兵蔵のこと」(『風の盆・おわら案内記』言叢社)で名人といわれた祖父から聞いた話について記している。「昔おわら節は仮装したりして、手ぬぐいをかぶり、一人ひとりで唄うのではなく、合唱して唄ったそうだ。歌詞を調べると、卑猥な歌が多く、とてもここには書けません。それが当時の一番の楽しみ方だったようです」。

古いようで、思ったよりも新しいというのが民謡だということを聞いたことがある。明治、大正、昭和と形が出来て今に伝わる。おわらも歌が改良され、親子で歌えるものとなった。騒ぎ歌うものから、上達したものが一人歌いあげるものとなった。踊りは町の研究会の女たち、三味線の師匠などが改良を重ね若柳流の手も加わって洗練されていく。女踊りははじめ芸者が踊っていたらしい。しなをつくる手振りや身振りは、すぎると嫌味になる。それをそぎ落とし、ただ素直に、素直にと洗練されて、今、人々に限りない共感をもたらす癒しの踊りに磨きあげられた。一切の感情を内に秘めて静かに無心に踊るが、舞に近い楽しさもある。

伯さんはおわらの原点についてこう言う。

「レコードを入れた時分は唄の心がわかっていなかった。この年になってやっとわかってくるんです。若い時は無我夢中でわかりませんが。たまに晩になって晴れている晩はベンチに腰かけて夜空を眺めていると、水の音とか草木のこすれる音が聞こえるんです。あー、八尾に生まれて良かったと思いますよ。やはりおわらは、草の中から生まれてきたと思います」

私が、東京のプロの舞踊団より地元の娘たちの踊りに共感を覚えたのはこのことだ。ここで生まれ育ったものにしか身につかないもの、おわらは草の響きなのだ。

桃色の着物を着ていた少女

この番組で私は一枚の写真が強烈に印象に残っている。小学生の女の子が紅花で淡く染めた桃色の着物を着て立っている。襟元から腰にかけて流れるような花模様、髪は白い布で蝶結び。おわらにでかける時に撮影したものだろうか。おわらは子どもの頃の大切な思い出だ。深夜一時、黒い法被を着た若い女性が胡弓を手に仲間たちと流してきた。あの写真の女の子は二十九歳、成熟した女性となり、今やおわらに生きるようになった。流していくうちに勝手に手が動き、胡弓を弾いている感覚がなくなると言う。この人の胡弓の響きには不思議な魅力があり、この音を聞くためにだけ訪れた人々が流しの後ろをついていく。

この若林美智子さんは実は八尾の生まれではない。まだ赤ん坊の頃、体が病弱で東京を離れ、たった一人、八尾のおじいさんにあずけられた。突然、東京から北陸の田舎町へ、この運命が胡弓との出合いを作ったのである。祖父は胡弓の名人若林久義だった。黒い法被は今は亡きおじいさんから受け継いだものだ。おわらの演奏を子守歌代わりに聴いて育ったが、「胡弓は、女、子どもがやるものじゃない」と祖父は楽器にも触らせなかった。

ある日のこと、美智子が小学校の夏休みの宿題で富山名物の鱒鮨の箱にゴムを張った三味線を作った。それを無心に弾いている。久義は七歳の孫娘に三味線を教え始めた。そして、美智子は十五歳の時、胡弓の道を選んだ。最初は寂しさをまぎらわすように弾いていた胡弓に、人の心を解きほぐす力を感じるようになる。「胡弓の音色の根っこにやっぱり寂しさっていうのがあると思います。だけど、その寂しさに負けてはならないという思いからパワーが出てくる。静かに湧き出る思いが音になる。そういう感じで弾いています」。

若林さんには、小学生になる愛娘がいる。着せている浴衣は、子どもの頃に着せられたものだ。目を細めて見守るおばあちゃんの脳裏に、八尾に来て間もない美智子の姿があらわれる。「美智子は人一倍気の強い子でした。学校で何かあっても人前では泣かない。学校でいじわるされても黙って帰ってきて、家に入ってきたとたん泣き出す。人前では泣かない、弱いところは絶対見せない子でした」。

今は、三十代も終わりに近づくはずの若林さんの消息を調べると、胡弓の枠をこえて違うジャンルの音楽家と交流する一方、八尾や富山などで胡弓の教室を開いて胡弓の心を伝えている。私は、すでに何枚も出ているCDの一枚を手にして驚いた。「風の盆恋歌　若林美智子」、どんな曲が入っているのかとジャケットを見ると、越中おわら節の他、NHKの「シルクロード」のテーマ曲や童謡、さらにサイモン&ガーファンクルがペルーの曲を見いだして歌いヒットした「コンドルは飛んでいく」まで入っている。この豊かなラインアップの中に「歌、若林美智子」という字が目にとまった。花響《はなゆら》という自作の詩を歌っている。

「花が咲く　さくら咲く　堅く強く　花が咲く　さくら咲く　散りもせず　風の中　さくら散る
散る　ちらちら静かに雨の中　さくら散る散る　潔く　ちらちら静かに　降り積る」

私ははっとする。やわらかくて素直で、あの写真の子がそこにいて歌っている気がしたのだ。

人生の厳しさ、生きる悲しさ

風の盆三日目。私たちが町を巡りながら撮影してきた平成十一年の風の盆は最終日を迎えた。この日の撮影計画を打ち合せしている時、想定していなかったことが報告された。伯さんのことである。奥様の強いすすめもあり今晩町を流すというのだ。昨日、きっぱりと今年はあきらめて、来年を期すと言っていた。私は、昼間から一班を差し向けてカメラを回すよう指示した。

伯さんの家では新しい浴衣が縫いあがっていた。奥さんは夫に何も言わなかったそうだ。

「どうせ、お父さんは自分の変な胡弓は誰にも聞かせたくないだろうと思うから、じゃあ、私だけ聞いてあげる。二人で流して今年のおわらを終わりにしたらって」

妻の美知子さんは、風の盆の日は、お客さんへのもてなしに追われ、夫の胡弓を町で聞いたことはなかった。奥さんが調弦用の笛を吹く。浴衣に袖を通した伯さんが胡弓の弦の微妙な張り具合を調節する。私はこの映像を編集している時、奥さんの胸中を色々思わざるをえなかった。実は、もう来年はないかもしれないと思ったのではないか。長年連れ添った夫との別れが近づいていることを察したのではないか。二人は、人通りが途絶えた夜更けに家の裏手にある通りへ歩を進める。向かいながら伯さんは「涼しくて、風が気持ちいいなあ」と言って胡弓を弾き始めた。三味線も歌もない町流し、奥さんは夫の影を追うように後ろを歩く。カメラは二人の後ろ姿を延々と映していた。

伯育男は平成二十一年にこの世を去った。入退院を繰り返し冬の寒い日に三度目の脳内出血で倒れた。晩年の伯さんは若者に胡弓のコマの使い方を教えていたという。口癖のように言っていた。「おわらには、うれしさ、悲しみ、いとおしさ、寂しさ、美しさ、この五つがないと味気ない」。

夜十時、表通りはおわらの踊り納めに向かって、名残りの気分が漂い始める。上新町の輪踊りは最高潮を迎え、中央の舞台には若い踊りの名手が上がり、たくさんの見物客が見守る。八尾は町ごとに繰り出す勇壮な五月の曳山祭りと、この静かなおわらを持つ幸せな町だとつくづく思う。私はこのにぎやかな通りに背を向けて、はずれの五十五段の階段を降りる。この鏡町には百年にわたって、宴会の席でおわらを見せてきた料亭がある。創業百四十年、八尾で最も古い料亭北吉《きたよし》には、三百人以上の客がやってくる。その昔、料亭に集う文人や、そこで踊っていた芸者たちによっておわらは優美なものに磨かれていった。宴会場で鏡町のおわらが始まった。遊郭に生きる女たちの恋歌を今に生きる都会の人々が聞き入る。「かりがねのつばさ欲しいや海山越えて　わたしゃ会いたい　おわら　人がいる」。さらに暗い庭に明りが照らされ、そこでの女踊りはひときわ美しく見える。

女将の北吉裕子さんは、二十歳の時、ここに嫁いできた。何年もここでおわらを見続けてきた老女に前の方の座布団をすすめている。常連の客の顔を皆覚えている。しかし、女将は、客になぜおわらを見にきたのか聞くことはない。そこには、他人には言えないそれぞれの思いがあるからだ。裕子さんの夫は十年前、この料亭の借金を抱えて自らの命を絶った。一人残されまわりは廃業をすすめたが、このおわらの宿は守った。実は、おわらを遊郭で生まれた芸者踊りとして嫌っていたと言う。その良さがわかるようになったのは夫の死後だ。「はじめは三味線の音を聞くだけでも厭だったのよ。そのうちにおわらには人生の厳しさ、悲しさがあるとわかってきた。真剣に踊る指先にひかれるようになりました。それって何かなと考えたらその裏側にある悲しいなあという気持ち。単に民謡のおわらじゃなくて、生きる厳しさ、生きる悲しさ、おわらは人生の喜怒哀楽をものの見事に表現していると思いますよ」。
外から町流しの音が聞こえてくる。一団は北吉の周りを流していく。裕子さんが見つめる格子の向こうに踊りの指先が見える。通りすぎるとまた静けさが戻ってきた。部屋には亡き夫がかけた一枚の句がかけられている。「曳き山と　井田の流れと風の盆」。

この文章を書いていた平成二十二年（２０１０）のおわらの最終日、私は再び八尾に向かった。町のあちこちで行われている輪踊りを見ているうちに日が変わり一時を過ぎていた。鏡町の五十五段の石段に座る。上から見下ろす形で見ることになるが、場所を確保さえできればここは一等席だ。鏡町のおわらが始まる。ここのおわらは練習で磨きぬかれて陶酔感をもたらすまでに美しい。石段に上から下までぎっしり座る老若男女、踊りと響きの向こうに何を見ているのだろうか。これまでの人生、今は亡き肉親のこと。私は、数年前おわらを見に案内してきた友人兄弟のことを思い出していた。その時は高山の方から来たのだが二両しかないディーゼルカーの屋根を無情に雨が叩きつけた。あきらめきれず、諏訪町まで来たのだが雨はあがらず中止となった。私に「おわらを見に連れて行って下さいよ」と言ったその友人は心臓病で亡くなりもうこの世にいない。見せてあげたかったという思いが一瞬体を貫いた。

最高潮の女踊り、男踊り、鏡町の踊り場

今回は私の隣で画家がスケッチをしている。私のエッセイに絵を添えるためである。奈良時代に描かれたという薬師寺の国宝、吉祥天女像の復元模写をした大河原典子さん、科学的な分析をし鮮やかな古代の色彩感覚を蘇らせた。彼女が言った。「浴衣の色が夜も更けて変わってきました。クリームがかった白が真っ白になり、紫の模様が黒に見えます。コントラストが素晴らしいです」。

彼女は、最初は踊り場を見下ろす階段で見物していたが、夜も更けて踊りも最高潮となった頃、下に降り、踊り手を目の前にしてスケッチをした。

私は空を見た。中天で三日月が照らしている。稲を刈るポーズ、案山子のポーズ、きっぱりとりりしい男踊りが終った時、見知らぬ男の観客がつぶやいた。「日本に生まれてよかったなあ」。

名残り惜しさ、おわらが終わる時

空が白みはじめるとおわらは終わる。夜が更けても、踊り手も客も帰らないのは、最高のおわらを経験しているからだ。あのおわらを見たいのだ。高橋治は『風の盆恋歌』の風の章でこう描いている。

八尾で再会した男女は「足音のない踊りは、灯の数が少くなった町筋を影絵の動きを思わせながら進んでいく。(中略)〝なぜ〟という顔で、えり子が都築を振り仰いだ。〝黙ってついて来い〟

と眼で語りかけながら、都築は歩き続けた。胡弓の音が遠くなり、やがて消えた。そこでとまると、都築はえり子の肩を抱いてやりながら振り向いた。『……ああ』えり子が声を引き加減にしてのんだ。その位置からは、胡弓の音も歌の声もなく、二列に坂をのぼるぼんぼりの灯の間を踊りだけが宙に漂いながら揺れて近づいて来る。どこかに操る糸があって、人形の列を動かしているように見えた。『あなた、これは、……ねえ、この世のものなの』』。

私も一度だけ同じ風景にぶつかったことがある。次の町へ行こうと通りを近道していたら、突然、出会ったのだ。四、五人の流しは影絵のように通り過ぎた。私はあのおわらを見たくて、来るたびに明け方まで街を右往左往しているのだ。

テレビで伝えた時のラストシーン、風の盆最終日の九月三日、これが最後のおわらとなる飛騨早苗さんは、編笠をかぶる。この瞬間、顔が隠れた。幼なじみと踊ってきた二十年、心が震えるような瞬間を経験したことはいくつもない。最後の年は、それを皆で感じたいと言っていた。どんな思いで踊るのか、成就した結婚のことか、ふるさとを離れて富山市へ嫁ぐことか、そうした喜怒哀楽が笠で消えた。笠の紐が口元を引き締める。周りに踊り手の呼吸を感じながら踊る。赤ちゃんを抱いて見ていた友人も自前の浴衣でかけつけ踊っている。町はずれで胡弓の若林美智子さんが流してきた。今日はおじいさんの法被でなく、ファンから贈られた薄茶色の小千谷縮《おじやちぢみ》だ。帯は秋を感じさせるコスモスの柄、体をゆらしながら胡弓の弓を動かす。二十代始めに交通事故に遭い、それ以来長い間苦悩の時代を送り、生きるか死ぬか思いつめたこともあった。今は前へ歩きだしている。

坂の町、諏訪町のぼんぼりの波が色薄くなり、空が白み始めた。今年の終わりの時が来た。おわらは最後にこの歌で締めくくられる。七、七、七、五の文句、最後の五音は声の艶を聞かせ、最後はさらりと歌い捨てる。「浮いたか瓢箪　軽そに流るる　行先きゃ知らねど　あの身になりたや」。

瓢箪のように自由に漂うように生きていきたい、おわらに集う人々の夢だ。いや、今に生きる私たちの願望でもある。

番組はもうひとつ先の場面で終えることに決めていた。越中八尾の駅には、始発電車で見送るおわらがある。福島町の娘たちが草木染めなのだろうか、深紫の浴衣を着て列車が止まったホームで踊る。もう笠は被っていない。町の娘たちの顔がさっぱりしている。肩の手拭いが昨夜の踊りの高揚を伝える。男踊りの青年たちの一人が客に声をかけながら軽く踊っている。汽笛を鳴らして電車が走り出した。人々の心が溶け合った余韻が、次第に喧騒の中に吸い込まれていく。番組は祭りが終わった空に、再びおわらが流れて終わった。「浮いたか瓢箪　軽そに流るる　行き先ゃ知らねど　あの身になりたや」。

あれから十一年目の風の盆

私の八尾への旅は深まり、今は、ゆっくりした旅に変わった。東京から新幹線で越後湯沢へ、北陸本線で富山に降り立つが、ここからのタクシーはやめた。在来線の最終に乗り越中八尾駅で降りる。そして、徹夜でおわらを見て駅へ急ぎ、おわらに見送られる始発に乗り、高山で下車、朝ご飯を食べて温泉につかって、また、高山から名古屋経由で東京へ帰る。時計と反対回りに回る旅、乗車券は「東京発東京行き」である。

なぜ、あの番組の映像が今も脳裏にこびりつき離れないのか。私は放送から十一年たった平成二十五年に、夜の闇で胡弓を弾きながら流していた若林美智子さんの姿を探した。通りに店の一角を臨時に借りて若林さんのCDを売っているグループがいた。若い女性が座りサインをしている。たしか二十歳を過ぎた娘さんがいたはずだ。美智子さんを育てたお婆さんは亡くなったと聞いていた。私は店の手伝いをしている女性に聞いた。「あの女の人は若林さんの娘さんですか」「いえ、いえ、本人です」「えっ」と思わず言った。「そうですか……」、二十九歳だった胡弓の名手は「四十三歳になりました」と言った。若々しく明るく見えて、その後の人生が順調であることを物語っていた。深夜一時から町を流すということ。私はその時間に人ごみを離れて静かな路地を訪ねる。若林さんは、お弟子さんたちに囲まれるように町を流す。祖父から受け継いだ胡弓の微妙な揺らしが生む若林流の響き、それに続く三味線、胡弓の小さなグループ、おわらを若林さんが歌っている。先頭には、中学生になった息子が男踊りをして露払いをしていた。

第四章　壊れた時代の新年に伝えたこと

酒鬼薔薇聖斗事件、十四才、心の風景

時代は、もう私の感覚とずれてしまったところで進んでいるのではないか、そう思ったのが平成九年（１９９７）に起きた出来事だった。神戸で連続児童殺傷事件が起きた。自称「酒鬼薔薇聖斗」と名乗る十四歳の少年は、殺した子どもの体をノコギリで切断した。「さあゲームの始まりです」という不気味な文章を書いていた。ＮＨＫスペシャルで緊急特番を組むことになった。あまりにわからないことだらけの事件だ。制作チームを組んで皆で議論した。しかし、あまりにもわけがわからない。番組は事件そのものを分析するのでなく、同じ十四歳の子どもたちがこの事件をどう感じているのか、インタビューをたくさんとって構成することになった。

番組タイトルは「十四才　心の風景」。東京や大阪などでとった二百人の十四歳のアンケートをもとに、その日常の周辺で撮影した。取材班が次々に戻ってきて撮影した映像を編集室に持ちこむ。何人のインタビューを使ったかははっきり覚えていないが、十人以上、いや二十人から

三十人くらいはいたはずだ。「十四歳って大人ですか、子どもですか」。この質問に答える少年少女の姿を編集して試写を繰り返す。犯人と同じ年齢の子どもたちも、衝撃を受けていた。しかし、それぞれがどんな思いで日々を過ごしているのかをカメラに向かって話すのだが、私たちにはよくわからないのだ。論理も、言葉もひっかかってこない。「疲れる」「キレやすい」「イライラする」「自由が欲しい」「目立っちゃいけない」、こうした発言集をどう並べて構成するのかスタッフ一同困惑した。いつまでも全員で首をかしげていてもいけない。放送までの時間は切迫している。緊急特別番組なのだ。私は番組のまとめとして一人の少年の言葉を最後に置く編集を提案した。そこまでは羅列でもかまわない。番組はこの締めくくりの映像に向かって走る。

ある住宅街の小さな児童公園らしい所で撮影した少年は、こう話していた。「昨日までのことが消えてしまう。うれしかったこと、悲しかったことも忘れてしまう。思いだせないんです」。この少年は最近感じることが少なくなったと言う。新しいことが起きると、すぐ前にあったことが消えてしまう。ずっと、何も残らない。その意味はわかったようでわからないが、リアリティがあった。これは、ゲームのように仮想現実の中に、喜怒哀楽を求める今の時代の病理を言い当てているのではないか。以来、私の脳裏には、ここに至るまでこの言葉が沈殿して、消えることはないのだ。

私自身、時代から振り落とされる感覚があった。猛烈なスピードで進む時代は人間の身体感覚を超えてしまった。パソコンによる情報ネットワークは、体感を伴わない。人間臭い番組を作るという仕事をしている私はパソコンを拒否すべきだと考えた。道具の進歩は、ワープロとファックス止まりで良いと考えた。その時から職場の環境と自分が遊離を始める。もろもろの手続きができなくなった。女性スタッフのサポートがないと生きていけない。落ちこぼれになったのか。一方で、こういう現象も体験した。番組の企画募集に全国のNHKから寄せられた数百の企画書を審査していると同じ文章が出てくる。ネットの中の情報を複数のディレクターが見て書いている。私たちの職業において最も神聖な企画書がコピーして作られているのだ。情報を居ながらにして手に出来るのは便利なのかもしれない。しかし、それを企画にして行くには自らの体を通っていなければならない。経験から言うと旅を伴わない情報は本格的な番組にはならない。人間を描く企画なのにその人と会ってもいない、旅の企画なのに現地に行ってもいないのだ。自分の目で見て考える。自らの体の移動を伴わない企画は不毛だと思ってきた。怒りを感じて、ゴミ箱に捨てたい気分だ。

抒情が消えた社会

あの事件からさらに十年以上経った平成十九年（２００７）の春、次の年は平成二十年になるとふと気がついた。

はや平成二十年、昭和は遠くか、そうした感慨から一本の正月番組の企画を考えたのが「ニッポン心の原点」だった。日本列島は津々浦々まで「おめでとうございます」と家族でお神酒を交し一年の幸せを祈る。平成二十年の節目の朝、起きがけの頭が真っ白いやすらぎの時に、日本人の心の風景を、生放送で伝えたいと思った。朝八時から放送を始めるとすると、東の空はすでに明るくなっているはずだ。十時まで二時間放送すると西の空には太陽が高く輝く。日本列島を上から照らす太陽を追うように、時間を感じ、風景を見ながらスタジオのゲスト出演者たちが心の原点を語り合う。三万人が自殺し、一億人総鬱《うつ》という時代の朝に心地良い風を送りつつメッセージを発したいと私は思いつめた。今を生きる人々が、苦しんでいる。懸命に働き、それが終わるとほぼ同時に死を迎えていた人間の一生は、生と死の間に、病気とそれに伴う様々な苦痛に耐えなければならない時間が横たわるようになった。一方で、若者が結婚しなくなった。就職もできない。会社は社員一人ひとりの人生に冷淡になった。

私たちはどんな時代に生きているのか、時代への認識を深める作業をスタッフと進めていた時、一人の講師を招いた。そこで、もっと大きな衝撃的テーマと出合う。

第一章で書いた「京都五山の送り火」の生中継番組に出演していた宗教学者の山折哲雄さんと私は京都放送局を通じて知己を得ていた。京都で数回お目にかかり学ぶという得がたい経験をした私はこの平成二十年の正月番組についてご相談し、東京での仕事の合間にNHK放送センターに来ていただいたのだ。玄関で出迎えて、歩き始めたとたん、山折さんは言った。「やはりこの際、大きくて、深刻なテーマも取り上げたらどうかと思います」。

私たちの社会から「抒情」が消えてしまう。スタッフ、八名が集まった勉強の場で、私は山折先生の提起するテーマについて全く知らなかった衝撃と、迂闊さを恥じた。日本人は自然の風景に託して生きる上での様々な思いを歌にしてきた。恋について、別れについて、死について……その昔、人々は相聞歌《そうもんか》に託して恋を語りあい、死者の棺をかつぎながら歌う挽歌で魂を鎮めた。「今、自然に託した万葉集以来の日本人の伝統的な感情が消えてしまう危機に直面しているのではないでしょうか。子守歌が聞こえなくなった。童謡や学校唱歌があまり歌われなくなった。そんな風潮がどんどん加速していっている。子守歌を聞かせられた赤ん坊がむずがりだし、拒否反応を示したという調査もあるんです。いつのまにか短調排除の時代を迎え、それが急激に増大していく少年少女たちの犯罪とどこかでつながっているのではないでしょうか」

暗いものを遠ざける風潮。テレビから流れるコマーシャルソングや、子どもたち用の音楽教材は明るい長調ばかりでどこをみても悲哀の旋律を帯びた子守歌は収録されていないという。さらに、元旦の朝の太陽の動きを追う企画を出した私の思いにとどめを刺したのは、関東地域の小中学生四千人を対象とした意識調査についてであった。日の出、日の入りを一回も見たことがないという子どもが２０００年に四十六パーセントもいた。こうしたことを山折さんはすでに『「歌」

の精神史』（中公叢書）の冒頭に書いていた。

衝撃を受けた私の脳裏に、幼い頃に聞いた童謡がよみがえり交錯する。

「あの町この町　日が暮れる　日が暮れる　今きたこの道　かえりゃんせ　かえりゃんせ　おうちがだんだんとおくなる　とおくなる　いまきたこの道　かえりゃんせ　かえりゃんせ　お空にゆうべの　星が出る　星が出る　いまきたこの道　かえりゃんせ　かえりゃんせ」

季節を重ね、旅をするように生きる日本人の人生、時に美しい夕焼けの光に、来し方、行く末が去来する。大正十四年に野口雨情が発表した詩に、中山晋平が曲をつけた。子どもがあどけなく歌うといっそう引き立つ曲で懐かしい。

阪田寛夫のこの詩も好きだ。

「夕日がせなかをおしてくる　まっかなうでておしてくる　歩くぼくらのうしろから　でっかい声で呼びかける　さよなら　さよなら　さよなら　きみたち　ばんごはんがまってるぞ　明日の朝ねすごすな」

今、抒情が危ない。山折さんの講義も核心に入ってきた。どうやら番組はただのおせち番組では許されなくなった。

よく眠れない大晦日の夜、平成二十年という区切りは無表情に過ぎた。出演する女優の星野知子さんは赤坂のサントリーホールで年越しのコンサートの司会をしていた。真っ赤なドレスで春を呼ぶウインナワルツの紹介をしている姿を見て、途中で渋谷のホテルに戻り仮眠した。

夜が明けた。NHK放送センター一階の412スタジオに、スタッフや出演者が集まり準備をしている。山折哲雄さんは、京都であちこちから聞こえてくる名刹の除夜の鐘を聞くという恒例の年越しを、この日は東京のホテルで過ごした。真っ赤なドレスを着ていた星野知子さんが黒地に紅白の梅をあしらった振袖を着てあらわれた。色を失ったような闇に絞りのしだれ梅がくっきりと浮かび上がっている。いっぺんに正月の気分が楽屋の周辺にただよう。さあ、これから日本列島の各地を結びながら、「ニッポン心の原点」を放送する。みちのくの「平泉」、群馬の「富岡製糸場」、「富士」、「藤原京」、長崎の外海《そとめ》町の「出津《しつ》教会」をリレーのようにして日本人の心の風景を紡いでいく。世界遺産に申請される候補地を暫定リストというが、これらは前年に候補として発表された場所だ。

星野知子さんは世界遺産登録の審議会委員の一人で、年内に中尊寺と長崎へ撮影の旅をした。ソプラノの佐藤しのぶさんは、藤原京へ旅をした。唱歌「さくら　さくら」を歌う。落語の柳家花緑師匠はおめでたく「初天神」を披露する。父と子の凧揚げの話だ。さらに加えて、今年二十歳になる女優が参加した。四月から始まる朝の連続ドラマ「瞳」のヒロイン榮倉奈々、東京の下町でダンスに熱中する娘を演じる。健康にすくすく育って背が高く、着物姿は魔よけの大きな羽子板のように迫力がある。「男はつらいよ」の中に消えて行く日本の原風景をそっと記録してきた映画監督の山田洋次さんが席に座ってマイクをつける。このメンバーで、平成二十年の節目の朝に、映像を見て語り合うのだ。

静かに、言葉少なく、凛とした雰囲気の番組を日本列島の津々浦々に放送する。群馬の富岡製糸場、富士山麓忍野八海、長崎郊外東シナ海に臨む教会には中継車が出ている。スタジオに生の空気を運ぶのだ。

私の当初の放送のイメージは、北から南へ順に終始太陽に沿って追うものだった。しかし、こっちが都合良く設定した時間割で太陽が動いてくれるわけがない。生中継の三か所は北から南へ辿ったが、他は内容次第で自在に構成した。本章では、私の当初のイメージ通りに北から南へと辿り、さらに、取材の過程で知ったことを肉付けして、南北に横たわり東に黒潮が、西に対馬海流が流れる日本列島の一日として描き出したいと思う。

みちのく平泉から、群馬の富岡製糸場へ

最初の場所はみちのくの平泉だ。朝八時には中尊寺の金色堂に朝日があたってくる。参道は月見坂という。ここを登った星野知子さんは檜や杉木立の続く坂を登る途中、呼吸を落ち着かせながら、北上川が下に見え隠れする風景を見た。

「われわれを蝦夷と呼んだな、見よ、我々の極楽浄土を」と、奥州藤原氏は四十を超えるお堂を

建て壮麗な伽藍を作った。今、中央と地方の格差が問題となっているが、当時の人々はここに文化の華を咲かせようとした。焼き討ちや火事もあった。しかし、奇跡的に金堂と経堂が残った。芭蕉は「夏草や　兵《つわもの》共が　夢の跡」と詠んだ。荘厳された金色堂には藤原三代のミイラが眠っている。清衡、基衡、秀衡のミイラがなぜ残っているのか。日本の文化が大和を中心に育っていった時、死者の霊は山にあがっていくとされ、死体は穢れを嫌い遠ざけられた。東北には日本海を越えて別の文化伝播のルートがあったと考えられるそうだ。土葬も火葬もしなかったミイラがある。山折さんはこう言った。「今の時代、共生ばかりが叫ばれているでしょ。今必要なのは共に生き、共に死ぬという思想なんです」。

生と死が隣り合っている平泉の地は、今に生きる私たちへ大事なことを伝えていると言う。

かつては、電車で行くには不便だった富岡は、関越自動車道の藤岡インターを左方向へ向かい上信越自動車道へ、はるか向こう碓氷峠を越えると軽井沢だが、国の史跡となった製糸場は富岡インターを降りるとまもなくである。群馬の富岡製糸場は、勤勉に働く日本人の原風景だ。明治五年に造られた一万五千坪の初めての西洋式の工場は、中学の教科書に載っていたが、いつしか忘れられていた。日本の近代化、産業の育成、そして、女性が工場で働く喜びを知ったという大きな意味を持つ遺産だ。地方からやって来た娘たちは、工場の入り口に立ち、錦絵のような建物を夢かと思ったそうだ。

富岡製糸場　赤レンガの東繭倉庫

赤いレンガの建物に囲まれていると、働いていた女性たちの明るい声が聞えてくる。私は太陽の光が差していく時間を追体験しながら、一枚一枚のレンガと対話した。

女たちの労働は「女工哀史」という過酷で悲しい物語として伝えられてきた。しかし、初めて訪れた時私は、フランドル積みといわれるフランス式のレンガの工場には滲みでる輝きがあって、希望と誇りを持って働きだした女性たちの息遣いを感じた。木の柱で骨組を作りレンガを積む。フランス人が設計し施工を指揮した建物は和洋折衷で、木骨煉瓦造りといわれた。三百人の女工はここで先進の技術を身につけ、ふるさとへ帰り、全国十四か所に産業の拠点として建設されていった富岡式の工場で指導的な役割を果たした。

レンガの倉庫と操糸場に光が当たり始めた。放送が始まる八時に四台のテレビカメラが平成二十年の朝の風景を映し出していた。おもわず、スタジオの柳家花緑さんは、家で祖父の五代目小さん師匠が言っていた言葉を思い出した。「はた・らく・っていうのはな、はたを、傍《まわ》りを楽にするっていう意味なんだよ」。

外国へ行くような覚悟で家を出た一人の娘は工場の入り口に立った時の思いを日記に記していた。明治六年（1873）三月三十一日、完成間もない製糸場に信州から十六人の少女たちがやってきた。

「一同送りの人々に付き添われて、御門前に参りました時は、実に夢かと思いました」（和田〈旧姓・横田〉英『富岡日記』)、電気がなかった時代、操糸場は外からの光が差し込むように設計され、糸取り台には柄杓《ひしゃく》、匙《さじ》、朝顔と呼ばれる湯こぼしが並び、皆一点の曇りもなく磨かれた真鍮製だ。ねずみ色に塗り上げた糸車、ここに立っていると行儀正しく一人も脇目せずに仕事をする集団が目に浮かぶと生中継の映像の中で現地レポーター役の女優の緒川たまきさんがリポートする。

意欲に燃えた少女は工女の中で最も優れた者にあたえられる「一等工女」をめざして精進した。給料に四倍の差があった。競って頑張った工女たちに一等工女が伝達された時のことを横田英はいかにも女の感覚で書いている。「一等工女に成る人があると申す大評判があり、西洋人が手帳を持って、中廻りの書生や工女と話しておりますから、中々心配で成りません。……その内に呼び出されました。横田英一等工女申しつけ候事。呼び出しの遅れた人は泣きだしまして、えこひいきだの、顔の美しい人を一等にするのだとさんざん申して……」。

翌明治七年、横田英の地元信州に製糸場が完成する。わざわざ迎えがきて帰郷し、誇りを持って、富岡式の技術を指導した。同じ年、ウィーン万国博で、工女たちの生糸が第二位に入った。ここで生産された糸によって桐生や伊勢崎は絹織物の産地として名を馳せた。工場の中に洒落た事務棟があり、モダンな応接室もある。緒川さんが絹の手袋とショールを見せながら、こうした製品は外貨を稼いだが、工女たちが身にまとうことはなかったと紹介する。スタジオでは山田洋次監督がこの映像を見ていた。戦前、権力の弾圧を受けて夫が連行され、残された家族が肩よせあって生きる姿を描いた映画を完成させたばかりだ。公開された映画「母《かあ》べえ」で、吉永小百合が演ずるお母さんが子どもたちを抱き締める場面が何度も出てくる。様変わりした愛情の表現、親子の関係の変化、この監督は時代とともに変わる幸福の行方を見つめてきた。

「当時は繭のにおいと熱さで大変だったでしょうね、一方で、人々は技術を身につけることができ幸せでしたね。今の人は技術を確かに身につけているのだろうか、楽しく仕事をしているのだろうか。当時の人が身につけた技術を今は機械がやってしまう。ますます仕事が細分化されて面白くない労働の再生産をしている気がします。全てが金に換算されてしまっていますね」

操業開始から百十五年経った昭和六十二年（１９８７）三月、製糸場はその役割を終了した。この日、工場は午前七時、正午、午後五時、サイレンを鳴らして別れを告げたという。

赤富士

次は富士山だ。私は富士が天気に恵まれ、その姿を生中継の映像でお茶の間に届けられるか、見えないままに終わるのか、それによって番組の印象が大きく変わってしまうと胸をどきどきさせながら、放送前のスタジオに駆け込んでいた。「まだ、暗いですが見えています」と技術スタッフが言ってくれた。ひと安心して放送を迎えていた。八時十六分、生中継のカメラが、雪をかぶった帽子のような頂きからゆっくり引いてきて裾野まで全容を映した。正月の茶の間に新年の空気が流れ込む。スタジオの出演者も、スタッフも拍手している。自然と向き合う心、家族を大切にする心、技術を伝える心、心身を清めてこれから山へ登るような新たな思い。映像は富士に向かって手を合わせている人々をとらえる。山梨県側、富士山麓の忍野八海には八つの池があり、地下から富士の雪解け水が一分間に七トンも湧き出てくる。水中カメラに映像が切り替わると、水が地面からぼこぼこ湧き上がっている。水車小屋がある。水が飛び散りながら大きな輪を回し、蕎麦粉を打っていた。

スタジオの一角で、版画が刷り上げられる。摺師が葛飾北斎の「凱風《がいふう》快晴」を仕上げていく。数年前、私が初めて目白のアダチ版画研究所を訪ねた時、そこは薄暗い一昔前の日本家屋の中で、絵師、摺師、彫師が仕事をしていた。職人たちは寡黙で江戸の文化がこんな東京の片隅で今も守られていることに驚いた。さらに驚いたのはそれから数年後、再び訪れた工房は現代的な建築に生まれ変わり、高齢者の男ばかりだった職場に若者が数人混じり女性もいたことだ。見事に伝統が継承されている。今では、日本から流失した版木を大量に所蔵するボストン美術館から、廣重など貴重な版木を発見すると刷りを頼んでくる。版木を持っていても刷る技術がないと版画にならないのだ。テレビカメラに囲まれた摺師仲田昇さんが技を見せる。ボストン美術館で葛飾北斎の版木が大量に発見された際には現地に赴いた。今、富士に赤く色がついた和紙にさらに色が重ねられる。空に青い瑞雲があらわれた。また、スタジオに拍手が起きた。めでたいという感じである。凱風とは南風で初夏の頃のそよ風のことだという。赤富士が完成した。この時、山折哲雄さんは言った。「北斎はどこかで、強烈な富士の姿を見たのではないか。穏やかな赤富士の底には、その昔、天地を揺るがせて噴火した恐ろしい山が描かれている、世にも恐ろしい山は、矮小化され時を経ていくうちに信仰の山となった」と。

北斎はこんな版画も描いている。「甲州三島越」、甲州から籠坂峠を越えて駿河の御殿場を経て駿河の三島への道筋で、旅人が三～四人、巨木を手をつないで測っている。背後に富士の稜線が横たわり、人間の風景はあまりにも小さい。北斎は九十歳で没するが、「富嶽三十六景」の跋文（後書き）に道を極めるため、百十歳まで生きたいと書いている。私は人々が富士に感動するのは、聳え立つ頂上に自らの命の終わりを見るのではないかと思っている。頂きは終わり、その上は天である。

私は富士山に縁があるなと思いながら放送を続けた。いや自分が好きなんだ。それまで制作した百五十本を超えるドキュメンタリー番組を振り返ると、五十分や六十分という中に五分程度の短い時間、富士山にまつわる話が忍びこむように入っている。意図的に富士を取り上げなくとも自然に入ってくるのだ。七～八本はあるかもしれない。まだ、昭和だった頃、自動車のホンダの創業者本田宗一郎さんの目白の自宅で取材中に、私は廊下に懸っている富士の絵を見付けた。本田さんがやってきた。「これは横山大観ですか」と聞いた。「これ撮影しちゃだめだよ、税務署がうるさいから」ときた。この現役を引退してまもない技術者は浜松で生まれ育った。浪花節に出てくる森の石松を思わせる面白いおやじだった。駿河の方から富士山を見て育ち、世界を席巻する自動車作りへの野望を持つに至った。富士山が大好きだった。

その後、平成三年（1991）夏に、亡くなった。この時、制作したのがNHKスペシャル「わが友本田宗一郎～井深大が語る技術と格闘した男～」である。二人は性格が正反対だが盟友だった。自動車とトランジスタ、エンジンとエレクトロニクス、まさに今の自動車だが、当時、二人は手を組んで商売をすることはしなかった。本田さんがふらっとソニーにやってきて面白い話をしては帰って行くだけの関係、戦後の日本の物作りを支えた二人の創業者の関係は澄んでいた。ソニーの創業者、井深大さんは、その前身東京通信工業の設立趣意書に、こう宣言した。「自由闊達にして愉快なる理想工場の建設」。井深さんは盟友の死に衝撃を受けて夏が終わろうとしても避暑地から帰らなかった。軽井沢の山荘で時には涙を浮かべながら共に世界をめざして物作りをした日々をカメラの前で語った。この番組のラストシーンの近くで、今は亡き本田さんが描いた水彩画が出てくる。おおらかで、一輪の野草を描くような筆致で富士を描いている。その絵を見て井深さんは、「本田さんらしいなあ」と言った。番組は、亡くなる間際に本田さんが最期に言ったという言葉を富士に字幕を重ねて終わっていく。

「人生を楽しませてくれてありがとう……」
富士を見るたびに私も同じ言葉を言って死ねたらいいなと思う。

あの本田宗一郎が見た駿河湾からの富士、その姿を求めて何度か伊豆を車でさ迷ったことがある。伊豆半島の山の上、安藤廣重が描いたままの風景がそこにあった時は感動に震える思いがした。「廣重六十余州名所図会」にある「駿河、三保のまつ原」には駿河湾の向こうに浮かぶ秀麗な富士の姿を背に、白砂青松の浜が果てしなく続く。

世界的な写真家白川義員さんの代表的な写真集「世界百名山」にも富士はとりあげられている。山の高さだけでいくと標高七千～八千メートルの山がいくつもある中で日本の山はベスト一〇〇には入らない。最も高い富士山でも三千七百七十六メートルしかないのだ。しかし、日本人の精神に与えた影響を考えると富士を外すわけにはいかなかった。白川さんの話はこうだ。世界の高い峰は山塊が大きく延々と続く。だから頂上が手前の山に遮られ見えない。富士は独立峰で裾野から頂上まで一望できる、こんな山は他の国にはない。日本各地には……富士と呼ばれる山がいくつもあり、日本人は幸せだと。

写真集の中にある「富士日輪」「富士月光」という対になった二枚の写真、一枚は富士の頂きのまん中から日輪があがっている。阿弥陀来迎図《あみだらいごうず》に描かれた朝の山の端に如来があらわれる瞬間を表現している。こんな写真が撮れる日は冬の数日だと聞いた。富士の祭神は木花開耶姫《このはなさくやひめ》、桜が咲き誇る美しさを神格化したものとされている。白川さんはもう一枚の写真の解説にこう記している。「富士山の美しい女神には月光がよく似合う」。暗い夜だというのに、その頂きを月の光が照らしている。手を合わせたくなる。

東海道を下り、伊勢路を経て大和へ

藤原京をめざした時、行き方がわからず途方に暮れた。平安京の京都、平城京の奈良はよく行ったが、その前の時代の都である藤原京へは足が向かなかった。私がその地に最初に行った時は、京都で新幹線を降りて乗り換え近鉄の急行で橿原《かしわら》神宮行きに乗り、途中で各駅停車に乗り換え終点の一つ手前の畝傍御陵《うねびごりょう》前駅で降りた。駅前は閑散として案内所もなくタクシーもない。仕方なく歩いたが逆方向へ向かっていた。日差しの暑い時で、ようやくそれらしき所についた時は疲れていた。そこは何の変哲もない駐車場があり、向こうに古木らしい木が数本たっていた。その先の広場では少年たちが野球をしている。都が消えるとはこういうことか、空間だけが広がる。ここで往時の都を想像するのは無理だ。目をこらすと、その奥で古墳の発掘作業が行われていた。五～六人が手に土を掘る道具を持つ。傍らに土を運ぶベルトコンベアーが置いてあった。

やけに空だけが茫漠と広い。こんなところが藤原京か、と背伸びをしながらがっかりしている自分を慰め、歩きだす。広場を突っ切りずっと向こうの集落をめざす。道に出てさらに歩くとそこは明日香だった。このあたりから私は心地よい空気に包まれていた。ようやく、子どもの頃に歴史の授業で教わった大和三山に目がいくようになったのは、数回現地を歩いてからだ。藤原京を正面に見て、背後に耳成山《みみなしやま》、右側に天香具山《あまのかぐやま》、左側に畝傍山、私はずっと長い間、形も消えたこの三山に取り囲まれた都の姿を、一枚の絵画によってイメージしてきた。平山郁夫「高《たか》耀《ひか》る藤原京の大殿」、この絵は膨大な平山画伯の作品群の中で最も好きだ。都のにぎわい、宮中の儀式で奏する雅楽、朱雀大路を往く行列、都の入り口の手前、左に官大寺の本薬師寺が描かれ、その右手に飛鳥川が横に流れる。大下図を見ると都をイメージしながら描き進む画家の息遣いが伝わってくる。平山さんは都の入り口の手前右に視点の軸を置き、俯瞰して朱雀大路を進むと天皇の大殿に到着する都の構造を伝えている。本画は六曲一隻屏風で、縦百六十センチ、横三百六十三センチの大作だ。家並みが金色に輝き、都の外の緑とのコントラストをねらっている。三山は実際より数段大きく描かれている。平山さんは自らを有名にした砂だらけのシルクロードの絵とうって変わって、日本の古代の景色を瑞瑞しく書いている。「私は万葉集に歌われた数々の場所に思いをよせ書いたが、実に楽しい作業であった」。

以来、この周辺を私は歩きながら、平山さんの思いを追体験してきた。平成二十年の節目の正月の番組でこの絵を使わせていただきたいと鎌倉のアトリエを訪ねた時、にこやかに承諾した後、「私が絵を描いた後、発掘調査が進み大きさがはるかに拡大しているので、注意して下さい」と言った。2004年の発掘調査で、北端の大路の跡がみつかり、面積は平城京や平安京を上回る二十五平方キロメートルだったことがわかった。日本の歴史において、二万人以上の人々が初めて一か所に集まって暮らした都は、大和三山を中に組み込み、本薬師寺も、飛鳥川の流れも都の中にあった。

この藤原京の真南にあたる小さな丘で忘れがたい経験をしたことがある。檜隈《ひのくま》という地があり、天武、持統天皇陵がある。天武とその死後女帝として歴史に残る数々の業績をあげた妻とが一緒に祀られている。古代の人々は、死者の魂はその周辺に浮遊していると思っていた。天武は、その死に際して殯宮《もがりのみや》で挽歌を捧げられ、二年にわたる儀礼ののちようやく埋葬されたという。今の薬師寺は平城京遷都とともに藤原京から移されたと寺の縁起に記されている。毎年十月八日に天武忌を薬師寺境内で営み、九日には遠く離れた檜隈の丘に僧侶たちが参じる。

宮内庁が管理する御陵で行われた法要を私が見ていた時のことだ。雨が降りしきり辺りは暗い。最後になって古事記が奉納される。「古事記の序」、大小田《おおこだ》さくら子さんのやまとかたりの朗々とした詠唱と雨音が重なって、死者を慟哭とともに送る古代の風景があらわれた感じがした。読経がやみ、法要のすべてが終わってこちらを見た時の安田暎胤《えいいんかんす》管主の目には涙がこぼれていた。「私にとって天武天皇は父親のような存在で、天武さんが目の前にあらわれた心地が致しました」。

その昔、聖徳太子、天智、天武、持統、日本が国家としての基盤を固めていった時代に私も触れた思いで、生涯、仏を通して古代を抱きしめて生きる安田管主の思いに心から共感した。

空を飛ばない歌

番組で、ソプラノ歌手の佐藤しのぶさんは飛鳥、藤原京の地を旅した。飛鳥川のほとりを歩き、山の辺の道を歩く。自然に抱かれる幸せ、生きることのいとおしさ、遠くを見つめれば空に人間の呼吸のように点在する雲、落ち葉を焼くにおい、七五調のリズムが聞こえてくる。

その昔、中国に玄奘三蔵《げんじょうさんぞう》という僧がいた。この青年は国家が荒廃し人心が病んだ隋末期に、人々の心を救う経典を求め、砂漠を越え、ヒマラヤを抜けて、長安から天竺までの決死の旅をした。そして、帰国後、死を迎えるまで、経典を翻訳している。その名訳が日本へ伝わったのだ。玄奘の名前は知らなくとも般若心経《はんにゃしんぎょう》は知られている。息を繋ぎながら読む心地良いリズムが体を包む。日本人が読む経の多くは玄奘訳だ。この僧の慈悲の旅を七枚の絵にした平山郁夫画伯による大唐西域壁画は、薬師寺で二十一世紀を迎える大晦日の夜に完成した。佐藤しのぶさんはその時、壁画に向かって歌を捧げた。

都遷りの後の寂しさを歌った歌、求愛の印に袖を振った歌、日が昇り月が沈む、万葉集だけでも四千五百首、日本には歌という宝がある。佐藤さんは十一月の紅葉の盛りの頃の旅の畦道で、童謡を歌った。「歌を忘れたカナリヤは　うしろの山にすてましょか　いえいえ　それはなりませぬ　歌を忘れたカナリヤは　背戸のこやぶにうめましょか　いえいえ　それも　なりませぬ」。

詩人の西條八十は幼い日、教会のクリスマスに行った夜のことを思い出しながら作詞したそうだ。会堂内に華やかに灯されていた電灯の中で、少年の頭上の一灯がポツンと消えていた。皆が歌う中で、歌わない小鳥、電灯の小さな灯りがカナリヤに見えた。この話はキリスト教会の一人の牧師の話で私は知った。牧師は同級生殺害事件のニュースを聞きながらこの歌を思い起こした。歌を忘れたカナリヤは……。私は放送で流れて行くこのソプラノの歌声を息づまる思いで聴いた。

次に山折哲雄さんが作詞家阿久悠さんの話を持ちだしてきた時、私は切迫した気持ちになった。なぜ、こんな大切なテーマを私自身も含めてジャーナリズムは大きく扱ってこなかったのだろうか。昭和五十九年（１９８４）、山折さんは森進一の歌う「北の蛍」を聞いていた。思わず阿久悠の詩に聞き耳をたてた。「山が泣く　風が泣く　少し遅れて　雪が泣く　もしも　私が死んだなら　胸の乳房をつき破り　赤い蛍が翔ぶでしょう　ホーホー　蛍飛んで行け　恨みを忘れて燃えて行け」。

平成十九年（２００７）、私が正月のこの企画を立ち上げた前年にピンクレディなどこの時代に生きる大人や子どもまでもの心をわしづかみにした感のあるこの作詞家は癌に倒れた。山折さんは追悼文集『阿久悠のいた時代』（柏書房）にここまで書いている。

「万葉集の挽歌に、刑死や自殺、行路病死や変死に対する敏感な哀傷の歌が多いといったが、それはほとんど今日のわれわれの社会における累々たる異常死の光景を思い出させる。（略）そのような重苦しい光景の中で異なって見えるのは、われわれの手元には挽歌という名の鎮魂の表現ジャンルがすでに失われてしまったということではないか。（略）異常死や事故死に対する不安と恐れの感覚が乾ききったままちりぢりに断片化してしまっている」

私は山折さんに導かれて、阿久悠の遺した文章に分け入った。岩波新書『書き下ろし歌謡曲』のまえがき、「歌が空を飛ばなくなったと申し上げたことがあります。（略）また、ヘッドホンで聞く歌は聴くにあらず、点滴であると危惧したこともあります。そして近くには、ミュージックはあるがソングはない」。阿久さんは、昭和と平成の間に歌の違いがあるとするなら、昭和が世間を語ったのに、平成は自分だけを歌っていると言っている。

読売新聞の「編集手帳」は、「日本人の心の夜空に数えきれない星をちりばめて、阿久さんが七十歳で逝った」と書いた。『清らかな厭世　言葉を亡くした日本人へ』（新潮社）の二二六ページには、途方にくれることが書いてある。「原風景をもたない子どもには　人のかたちも　町のかたちも　国のかたちもわからない」。

歌が飛ばなくなった、万葉以来の伝統が消える、この危機感は落ち葉を焼く野の映像に乗って全国へ伝わったはずだ。

藤原京の最後は万葉の歌で締めくくった。

「秋山の黄葉《もみち》を茂み　惑《まと》ひぬる　妹を求めむ　山道《やまぢ》知らずも」

妻を亡くした柿本人麻呂の歌だ。妻は死んだんじゃない……、山に迷いこんだだけ……と人麻呂は山で妻を捜してさ迷う。

長崎　雪のサンタ・マリア

今は平成二十年の元旦、教会の鐘がテレビの電波に乗って全国に流れる。東西に長い日本列島の西の端の空もすっかり明るくなった。中継の映像は、雪まじりの雨。長崎県西彼杵《にしそのぎ》半島は長崎市内から車で一時間かかる。私は左に海を見ながらドライブを何度もしたが、絶景が広がる。しかし、今日は雨で教会から下に見下ろす角力灘《すもう》もよく見えない。かすかに見える幾つかの小島の向こうは五島列島でその向こうは東シナ海だ。日本列島を照らした太陽は、最後はここに沈む。

雨霧の中に鳴り響く鐘は、丘に点在する集落や浜の小舟まで見守ってきた。高い所に出津教会がある。白い壁に三つの塔、風が下から吹き上がってくるため灰色の屋根は低い。訪れる時はいつも聖堂には人はいなく、閉まったままの中央入り口の横の小さい扉を開け、電気も消されたうす暗い中に入った。中央祭壇にイエス、右に幼子を抱くマリア、見上げると白く塗られた木造の天井は小舟の底のようなカーブを描く。長椅子に座ると、今朝のミサの様子が目に浮かぶ。テーブルの下の棚には、礼拝の参加者それぞれのために聖歌集が置いてある。正面の左右に聖歌の何番を歌うかが電光掲示板に表示され、信者はそれに従って讃美歌を歌い典礼が進行する。使い古された聖歌集のぬくもりが今朝もミサがあったことを伝える。ここから段々畑の土手に沿って人々が踏み固めてできた径を数分下るとド・ロ神父記念館がある。

集落の人々は今も尊敬と親しみを込めてド・ロ様と呼ぶのは明治時代にここで人々と共に暮らしたフランス人のマルコ・マリー・ド・ロ神父だ。痩せた土地で厳しい生活をする人々に、生活の糧を得る授産場を作り、織物や、マカロニやそうめんを作る技術を教え、老人や子どもの命を守る救助院を作った。記念館となっている建物はド・ロ神父の設計によるもので鰯網工場跡だ。一連の建物は国の重要文化財に指定されている。私がここを初めて訪れた時、中には年老いた修道女が一人いて、にこやかに迎えてくれた。他には誰もいない。絵画や彫刻、祭礼具、印刷物が展示されているが、一番目を引いたのは古びたオルガンだった。母国フランスからド・ロ神父が取り寄せた高級オルガンで、重厚で角ばって、ペダルも大きい。重厚な和音を出す機能がついている。

「さあ、歌いましょう」とシスターが言った。オルガンが鳴り、シスターの声を追いながら私も声を出す。「いつくしみ深き　友なるイエスは　罪とが憂いを取り去りたもう　こころの嘆きを包まず述べて　などかは下さぬ　負える重荷を」。讃美歌312、シスターは橋口ハセさんといい、二十歳の頃からこうして人々を迎え、オルガンを弾き歌ってきたと言う。今は九十歳、ド・ロ神父を尊敬し心から慕っている。「ド・ロ様はいつも言っていたそうです。この村を良くするには、良い子を育てなければならない、良い子を育てるには立派な母親を育てなければならない」。

正月の生中継の映像で見る出津教会は、目を見張るほど美しかった。誰もいない時ばかり行って暗い中一人椅子に座って祭壇を見ていた私にはまぶしかった。人々がいるということはこんなに華やぐものか。女たちは頭にヴェールを被り、アーメンと唱える。正月は日本のキリシタンのために特別に定められた聖母マリアの祝日なのだった。キリシタンとなった人々にとって、家庭や近隣で行われる儀式や風習に参加できないことは寂しいことだった。宣教師たちにとっても、正月にキリスト教の祈りを定着させることは困難なことだった。聖母マリアの祝日は、すでに1599年「お守りのサンタ・マリア」として制定されていたことを結城了悟という神父の著書で知った。

結城了悟神父は日本人として生まれたのではなかった。1922年スペインに生まれ、イエズス会に入り、1948年に日本にわたり、1978年に帰化する。長崎で、キリシタンが処刑された西坂刑場跡に「日本二十六聖人記念館」があり、キリシタンの歴史を展示してあるが、そこで館長を務める結城神父の日本語の多数の著書を目にした。文章も、思想も、日本人そのもののように思えた。「雪のサンタ・マリア」という一文がある。外海《そとめ》での経験を記している。

「ここで春の穏やかなある日、高い椿のある農家で私は聖母マリアの御絵があらわれるのを見た。（中略）かくれキリシタンの家で、主人は出稼ぎに行っており、丁度奥さんが畑から帰って来た。畑の土を手から拭いながら薄暗い家の中に入った。それから部屋の奥の納戸から小さい絵巻物を出して私たちに渡した。『雪の聖母はこれです』と少し震える声で言った。喜びと好奇心を抑えながら私は家の外に出て古い紐を解き、ゆっくりと掛け軸を開いた。目の前にあらわれたのは、紙の上に描かれた無原罪の聖母の絵だった」（『キリシタンのサンタ・マリア』結城了悟　日本二十六聖人記念館）

迫害の三百五十年間、命をかけてこの絵を守った信者が外海の地にいたのだ。雪のサンタ・マリアという名をつけたのは、潜伏キリシタンだと言う。

江戸時代この地の多数の信徒が五島へ渡った。畑を耕す人出不足に悩む五島藩は貧しい人々を受け入れた。私は長崎の浦上天主堂で原爆の日の追悼平和コンサートを企画した縁で、カトリックの窓口となった古巣《ふるす》馨神父に連れられ、島原や天草を巡礼したことがある。天正の少年使節として海を渡った少年たちが学んだセミナリオ（神学校）跡、島原の乱の舞台となった原城跡から天草まで巡った。それがきっかけで、教会の巡礼を始めた。私が感動するのは一人で訪ね歩く時にあらわれる集落の風景だった。入江の入り口、丘の上、人の暮らしのある場所には小さな教会があり、朝に夕に祈りが捧げられていた。長崎県だけでも百三十七の教会があるとカトリック大司教区監修の巡礼ガイドに記されているが、私も五十を越える数の教会を訪ねているはずだ。世界遺産の候補地「長崎の教会群とキリスト教関連遺産」となった数々の教会、それは禁教令が解かれ、公然と祈ることができるようになった人々の喜びを伝える。人々は集落ごとに、次々と教会を建てた。

私の巡礼で最も記憶に残っているのは八月、長崎からのフェリーに乗り、お盆で帰省する人々で満員の船内でテレビの高校野球の中継を見ながら五島の福江島へ渡った時のことだ。車で奥浦という船着き場に行く。そこから海上タクシーと呼ぶ小船に乗り十分程度で久賀島へ渡った。山を登り狭い坂道を下って行くと潮騒が聞こえてきた。小さな漁港がある。人気のない入江に五輪《ごりん》教会があった。五島最古の木造教会で、外観は瓦葺きの質素な日本家屋だ。入り口横から扉を開けて入ると、信徒が座る長椅子もなく、板張りの天井と祭壇だけがある。イエスとマリア、古びた絵。静かで、潮騒も聞こえない。こんなところだと、上の道を歩いていても気がつかないかもしれない。崖の下に潜伏するキリシタンの祈りを聞いた気がして感動がこみ上げてきた。

ここに知り合いの音楽家を連れて来て、ヴァイオリンやギターを聞けたらどんなにいいだろうと、しばらく立ち尽くす。ようやく帰る気がした時に一冊のノートが置いてあるのに気がついた。訪問者が感想を記すためのものだが、ほとんど白紙だった。私は今までアルプスの山小屋へ行っても、釧路湿原に行ってもこうしたノートに記したことはなかったが、初めて、「来てよかったです。ありがとうございました」と書いた。

東京へ帰り、秋、河口湖畔のホテルに籠って隠れキリシタンの祈り、「オラショ」を録音したCDを聞いていた。監修・解説はバロック音楽の大家で、NHKの「音楽の泉」、FM放送の「バロック音楽の楽しみ」の名解説を学生の頃よく聞いていた皆川達夫さんだ。長崎県の生月島《いきつきしま》で採録している。厳しい弾圧の中で意味が全くわからないラテン語聖歌を歌い継ぐ人々の声に私は耳を傾けていた。そこにホテルの電話が鳴り、やむなく中断した時、受話器から聞こえてきたのはかつて一緒に仕事をしたNHKの先輩、野原義徳さんだった。彼はすでに定年を迎え福岡に居を移していた。「驚いたよ、君の書いた字を五輪教会で見た。あそこは俺のふるさとなんだ」。

久しぶりに島に帰ったら、私の名前をみつけ、東京の住所も書いてあったので間違いないと留守宅へ電話、そしてここへ連絡してきたとのこと。驚いたのはこちらも同じで、オラショを聞いている時に、しかも、長い付き合いだったが、彼の口から久賀島の出身であることは聞いたことがなかった。再び、オラショを聞く。皆川さんの解説書の最後に、こう記されていた。「生月島で口うつしで伝えられたオラショは、実はラテン語なまりであり、最も感動したのは、その原曲をマドリードの国立図書館で発見した瞬間だった」。

私は、オラショはご詠歌のようにも聞こえ、かつての日本人が適当に歌っていたのだと誤解していた。当時の人々は典礼書を読み、ハサミで紙を切って十字架を作り、聖歌を正確に歌おうとした。竹製のオルガンも作ったそうだ。

新年のミサ、マリア様の祝日

出津教会の正月のミサは神父の言葉と讃美歌の唱和を繰り返しながら進行し、いよいよ聖体拝領が行われる。中継の映像には、信徒が揃って立ち神父の前に列を作る姿が映し出されている。神父はパンがイエスの体に変えられたとされる聖体を一人ひとりの口に入れる。家族と隣人のために生きることを誓う儀式だ。拝領の際のアーメンという言葉は、その決意表明だ。

この外海は遠藤周作の小説『沈黙』の舞台でもある。「人間がこんなに哀しいのに　主よ　海があまりに碧いのです」と海を見下ろす文学碑には記されている。人々は拷問に合ってもいつかは主が助けに来てくれると信じていた。しかし、主はあらわれず、人々は救われることなく死んでいった。自らもキリスト教徒として生まれ、イエスとは何か、なぜ日本人である自分が信じなければならないのかを生涯苦悶した遠藤周作は、心にひっかかるひとつの割り切れない感情を小説で率直に表明している。

暮れも深まり放送が間近に迫った十二月三十日、番組に出演する二人の若者に会いに出津教会へ行った。正月のミサの中で成人式が行われる。教会裏にある司祭館の一室に二十歳となる男女があらわれた。素朴で明るい娘さんは地元の文学館につとめている。男性は大学のある広島から帰省したばかりだ。神父と親しそうに話している。「顔馴染みなの?」と聞いた。「小さい頃から学校の帰りにここへ来て、神父さんに宿題を教えてもらっていました」。

二人とも、将来も小さい頃から顔馴染みの人が住むこの地に住むつもりですと言った。男性は、大学で福祉を学んでいて、卒業したらこの地に帰り父親がやっている福祉の仕事をすると言った。私は十八歳の時、受験で上京して以来、同じ九州のふるさとから離れたままだ。若い二人があまりにも輝いて見えるのはなぜだろうか。帰る二人を見送る。幼なじみの二人が歩く小道で、近所の人々と出会うたびににこやかな挨拶をしていた。テレビの映像は成人式を映し出す。二人は神父からローソクを授かる。「この光が、あなたの歩く道を照らしますように」。

教会はどれも集落を見下ろすように建っている。朝夕に鐘が鳴り響き、祈りが捧げられてきた。単なる文化財ではないのだ。今も生きている。キリシタン弾圧の歴史を重ねると、生きるということの大変さがわかる気がした。

昭和から平成へ変わって、はや二十年が過ぎた。元旦の朝に放送した「ニッポン心の原点」、この日も、日本列島で最後に沈む夕日が、この長崎外海から遥か遠い、五島の海に沈んだ。

ＮＨＫの正月の朝の生放送を見たと長崎の古巣馨神父は年賀状にこう書いてきた。

「壊れた時代に生まれてくるものもあります」

朝八時から十時まで、年の始めの朝、二時間にわたって放送した「ニッポン心の原点」、神父は企画者である私に時代への失望の旋律を読み取ったのだろうか。私は、しばらく、その葉書を見ていた。

第五章　日光・月光菩薩　春の旅立ち、背中に涙した東京の人々

薬師寺の白鳳伽藍

寺は精舎《しょうじゃ》と言う。祇園精舎、竹林精舎、精舎の「精」は、精米の精を書く。堂塔が立ち並ぶ伽藍は心を洗うところである。二十代、ジャーナリズムに身を投じた私は思い出したように薬師寺を訪れ心を癒した。中門を入ると正面に金堂が羽を広げたように聳え、右に東塔《とうとう》、左に西塔《さいとう》、白鳳時代の創建当初の姿を伝える東塔は三重塔で屋根と屋根の間にスカートをはいたような裳階《もこし》があり、六重塔に見える。明治十一年（１８７８）に来日し、日本の美を再発見し独自の美術観を展開したフェノロサは「凍れる音楽」と言ったそうだ。この絶妙とも思える形容を私も長く胸に刻んできた。しかし、どこか外国語の翻訳の響きがあり、腑に落ちてはいなかった。

本書を書くために資料をひっくりかえしているうちに最近こんなことを知った。あの東塔は、斑鳩《いかるが》の法隆寺の塔が、湖面に映って揺れている姿を表現したものだと。法隆寺の宮大工の家に生まれのちに薬師寺伽藍復興の棟梁となる運命となった西岡常一《つねかず》は四歳の頃、祖父常吉に連れられ

て東塔の前に立った。

「法隆寺の塔とは違うやろ、これはなあ、水鏡の塔というてな、五重塔が水にうつってゆらゆら揺れた姿を実際につくらはったんや、よう覚えときや」（『蘇《よみがえ》る薬師寺西塔』西岡常一・高田好胤・青山茂・寺岡房雄）

私は、東塔の素晴らしさについて最もぴんとくる表現に出会った。東塔と対になる左側の西塔は新しく、昭和五十六年に再建されたものだ。戦乱、地震、大風、火事、失われた白鳳伽藍は西塔再建によってよみがえった。薬師寺に東西両塔がそろったのは四百五十年ぶりであったという。それまでは、西塔の空間には礎石だけが残っていた。心柱の礎石をうがった舎利孔の穴にたまった雨水に映る東塔、人々はその姿を写した入江泰吉の写真に往時の白鳳伽藍を偲ぶしかなかった。

薬師寺とのご縁は、画家の平山郁夫さんを通してであった。湾岸戦争の頃世界が目まぐるしく変わり、日本が危機に直面した時代、しがみつくように、次々とドキュメンタリー番組を作った。静かに動くことのない寺や神社をみつめる余裕はなかった。

平成十二年（２０００）の大晦日から元旦にかけて、二十一世紀を迎えた瞬間、薬師寺玄奘三蔵院伽藍で完成した大唐西域壁画の誕生を、二本のＮＨＫスペシャルを通して伝えた。世紀末の日本で生きる私は、中国の隋の末期の荒廃した時代、苦しむ人々を救おうと天竺へ決死の旅をし、膨大な経典を持ち帰り生涯を終えるまで翻訳を続けた玄奘三蔵に深い共感を覚えながら企画を出していた。そこに、放射能におかされながら絵筆によって蘇っていった一人の画家の人生が重なった。私と薬師寺を結びつけたのはヒロシマで被爆した平山郁夫画伯だった。

鎌倉の二階堂にある平山家横のアトリエは大きな絵が描けるように体育館のように天井が高く作られていた。七枚の壁画は高さ二・二メートル、幅四十九メートルに達する。平山さんが画家として世に認められたのは夢にあらわれた一人の僧を描いてからだ。原爆の放射能に苦しみ続けた若い画家は、画家になる夢を見失いそうになっていた時、夢にあらわれたのが砂漠を行く一人の若い僧の姿であった。以来、シルクロードへの旅を続け、平山の絵は、確固たる世界を作った。「絵身舎利《えしんしゃり》」とは人々が拝む仏になる絵のことだ。「この絵は展覧会のための絵ではなく、人に見せる性質のものではありません。玄奘に捧げる絵です。だから、制作過程は一切公表しません」。絵の制作が始まり完成するまでの間、特別に許されて立ち入り禁止となったアトリエで、国境を出て砂漠へ向かう青年の決意、ヒマラヤを越え、インドに到達する僧の喜びが、七枚の壁画になっていく様子を目撃したのである。取材班を玄奘が歩いたシルクロードへ送りだし、番組は二十一世紀を迎えた正月に放送した。大晦日には完成の瞬間を生中継で全国に伝えた。

薬師寺管主《かんす》の高田好胤と平山との約束、高田は壁画を安置する絵殿を作り、平山は無償で壁画を奉納する。この素晴らしい出来事を伝えることが出来て、私は、これで薬師寺とのご縁は終わったと思いこんでいた。

次の世紀の平和を願って誕生した壁画、しかし、この年の九月十一日、アメリカ同時多発テロが起きた。キリスト教徒とイスラム教徒との宗教戦争が始まったかのようで、やられたらやりかえせ、新しい世紀への夢が崩れた。平山さんが口癖のように言っていた言葉が聞こえてきた。

「人間の歴史は、創造と破壊の繰り返しです」


それから数年が過ぎた平成二十年（２００８）、前章に記した正月の番組「ニッポン心の原点」で日本人の心に起きている危機について放送したあと、しばらく奈良にいてあれこれ考えた。この年の三月二十五日から東京の国立博物館で「国宝薬師寺展」が開かれる。史上初めて至宝、薬師三尊のうちの日光《にっこう》・月光《がっこう》菩薩が揃って寺を出るのだ。その時が目の前に迫ってきた。たくさんの方々に仏様を見て欲しい、番組を制作して欲しいと、薬師寺から依頼があって以来、一年半前から四季折々に法要など撮影をしてきたが、いよいよそのクライマックスが来ようとしていた。

薬師寺の中門を入ると正面の金堂に向かって佇む。私は来るたびにここで深呼吸をしていた気がする。景観に、古代の人々が国造りにいそしんだ空気を感じる。世界史の年表を広げると、中国の唐の文明は突出して充実している。日本は朝鮮を経由して中国の文化を学んだと教えられるが、この時代には初唐の文化を直輸入するようになっていた。それが日本に白鳳時代を作った。

当時の安田暎胤管主《かんす》は毎朝四時半を過ぎる頃中門からあらわれた。他の僧侶もつれづれに集まり、読経の声が金堂に響きわたる。安田さんはこう言った。「国造りの精神にあふれた日本の古代には、飛鳥、白鳳、天平という三つの時代区分があります。飛鳥時代は曙の状態、神秘的な美しさ、白鳳時代というお薬師様が出来た時代は、若芽が萌えいづる力強さがある時代、次に来る天平時代は真昼の完成された姿ではないのかなと。白鳳時代に生まれた薬師寺には、これからぐっと伸びて行く、まだ未完成だけれども、これから完成に向けて努力しようとする菩薩の精神がみなぎっていると思います」。

金堂の右手から朝日が昇ってきた。闇に沈んでいた甍が、蒼い空を背に姿をあらわした。朱色の柱、棰《たるき》の先端は黄色、格子の連子《れんじ》窓は緑色、白い漆喰壁、古寺は色あせたイメージがふりまかれてきたが、ここには蘇った鮮やかな色が響き合い、緑の大和盆地に突如とあらわれた伽藍に歓声をあげた創建当時の感動がある。

まだ参拝客が誰もいない金堂は扉が開かれ、お燈明に薬師三尊像が浮かび上がる。本尊の薬師如来は巨大な台座に坐し、その脇に如来に学び悟りを開こうと修行している日光菩薩、月光菩薩が佇む。高さ三メートルを超す金銅仏だ。本尊の重さは約五トン、台座は七トンを越える。脇侍の菩薩は二トン、当時の国家プロジェクトが私たちに伝える古代の祈りの形だ。

東の彼方、浄瑠璃浄土の薬師如来は、夜明けに現れて人々を救うという。仏教が日本に伝来して以来、人々は釈迦への祈りの先に、もっと身近な仏を求めた。安田管主は薬師三尊をこうたとえる。「お薬師様はお医者さん、脇の日光菩薩は昼間働く看護師さん、月光菩薩は夜勤の看護師さん」

薬師寺の縁起には天武九年（680）に天武天皇が皇后の病気平癒を祈願して発願したと記されているが、目的はそれだけではなかったのではないか。「西方極楽浄土は阿弥陀様。それに対し、日本は世界から見れば極東、東の端の国ですね、東方にいるという薬師如来の浄瑠璃浄土を建設しようとした。お薬師様のお出ましが必要だった」。

西の彼方にあるという浄土という死後のやすらぎをもたらす所の他に、もっと身近な浄土があって欲しい、竪穴式住居や掘立柱の粗末な民家に住む人々に、四十歳から五十歳までしか寿命がなかった時代のことだ。今を生きている人々を病から救いたい、健康が続きますように、こういう求めから薬師寺が出現したのではないか、と安田さんは言う。

衆生の写経による白鳳伽藍復興

奈良にある大きな寺は、外国から入ってくる情報を学ぶ学問寺で、当時は大学のようなものだった。檀家もなく葬式も営まない。このことを初めて知った時は、目からうろこが落ちた。若い僧が境内で数人の修学旅行生に説法している写真がある。高田好胤さんは昭和十年、小学校五年の時、薬師寺に小僧に来た。師匠は三十九歳の橋本凝胤、血気ざかりの偉丈夫で体重も二十三貫もあったと高田は記している。「あなたの故郷はどこですかとよく尋ねられます。そんな時私は、薬師寺の塔の見えるところが私の故郷ですということにしています。最初に登校した日の朝、信徒総代の稲葉さんに学校までつれていってもらいました。そのとき、稲葉さんは私にこう言ったのです。帰りにもし道に迷うことがあったら、あの塔を目当てに帰ってくるのやで」。

平成十年（1998）六月二十二日に高田さんが亡くなった。薬師寺が信徒に配布している冊子「薬師寺第百十七号・追悼」の表紙裏には、カラーのページが作られそこに高田の色紙があった。「薬師寺の塔が見えるところ　そこが私のふるさとです」。

若い頃から薬師寺に一参拝客として通い、平山郁夫さんのテレビドキュメンタリーの作り手として薬師寺への出入りが許されるようになった私は、憧れの高田さんとの面会もまもなくと思っていた。その矢先の訃報だった。

私は雨の降りしきる葬儀の末席にいた。「修学旅行生に〝心の種まき〟をされる副住職」というタイトルの白黒の写真が「薬師寺第百六号　修学旅行を考える」（平成七年）の表紙に掲載されている。東塔を背に白い線の入った学帽と制服の五十人ばかりの修学旅行の生徒たちに対し、石に立ち語りかける高田の姿。手にして説明している写真は入江泰吉の西塔の礎石にうつる東塔の姿に違いない。この当時、伽藍には東塔しかなく、寺の本尊である薬師如来は雨漏りのする粗末な仮堂に坐していたのだ。世界最高の美しさといわれる薬師三尊にふさわしい金堂の再建は寺の悲願であった。昭和五十一年（1976）、金堂が再建される。建設費十億円、一巻千円の納経料を百万巻集めた。

高田の勧進行脚の記録が死去後まとめられたが、昭和四十三年から平成十年までの写経勧進数は般若心経だけで六百九万九千四百七巻、そのための法話は、昭和四十三年から平成八年まで、八千七十二回である。高田は行脚で、「悟りは決心することだ」と言っていたそうだ。今も本坊の奥には、連日写経をする人々が静かに筆を走らせている。お写経道場という。生涯で一万二千五百巻を納めた人もいる。千年は持つといわれる和紙に書かれた写経は、金堂天井裏の蔵におさめられ、毎日祈りが捧げられる。お写経勧進による白鳳伽藍の復興は続く。

私はこれは現代人がなし得た奇跡だと思う。長い歴史の中で、実現されなかったことが今を生きる人々によって伽藍復興が完成に近づいている。誇りに思うと同時に、それだけ、高度経済成長以後の日本で生きる人々の仏にすがる思いが切実だったとも思う。写経紙は越前の紙漉きによって作られている。美しい水で一枚一枚漉かれた和紙は、千年虫がつくこともなく残り続ける。机上においた一枚の和紙、そこに黒い墨を走らす。写経のひとつひとつがその人が今を生きた証しだ。天井の高い所にある経蔵に納める作業を見上げていると胸に迫るものがある。

日光菩薩・月光菩薩、初めての二人旅

東京上野の国立博物館での「国宝薬師寺展」の開催の話が持ち込まれた時、薬師寺は迷った。しかし、不安と不信がうずまく時代に、日光・月光菩薩が史上初めて寺を出ることになったが、結論を出すのは簡単ではなかった。安田管主は時代の要請であるという主催者の説得に耳を貸しながら、一方で前向きに検討したいという気持ちと、いいのかなという不安が交錯したと言う。

「いちばんためらう理由は、博物館となるとどうしても扱いが『物《モノ》』なんですよ。いかに素晴らしいものであってもそれはあくまで美術品なんですね、しかも国立の施設なので、私たちが行って祈りを捧げるという宗教儀礼はゆるされない」

結局、千三百年の歴史の中で初めて、日光、月光菩薩の東京への旅が実現することになる。

「生き辛い時代に懸命に生きている人々に菩薩のお姿を見せることは、薬師如来は、生きるために祈りを捧げる仏であるという本来の姿に沿ったことである」という結論を導いた。

日光菩薩、月光菩薩の旅の準備が始まった。本尊の薬師如来は脇侍のいない金堂に残ることになる。私も番組の企画書を書く時が来た。

その時書いたタイトルは「おおらかに天にのぼる～薬師寺千三百年の祈り～」。

昭和から平成へと変わってきた時代に、いつも天に向かってのびる東塔の最上層の相輪、その

上の水煙には透かし彫りされた二十四人の飛天が笛を奏で、花を撒き、衣を翻す祈りを捧げる風景を重ねた。そうしたメッセージ性のある番組にしたい。タイトルを付けることによって番組を創る覚悟が決まった。

長い間通ってきた薬師寺を見る感覚は、いつしか、亡き高田好胤和上の言葉に置き換わるようになった。日本人の誰もが聞いたことのある「般若心経」はわずか二百六十字あまりに凝縮された玄奘の名訳である。サンスクリット語による古代インドの哲学を音訳している。唱えていると心地良いリズムと響きがあるが、空《くう》とは何か、その意味は難しい。生成消滅する現世の事柄を超越した真理を語るものだ。それを高田は簡単な言葉にしてしまった。高田にかかるとこうである。「かたよらないこころ　こだわらないこころ　とらわれないこころ　ひろく　ひろく　もっとひろく　これが般若心経　空のこころなり」。初めて聞いた時は、あっけにとられたが、やがて感動が体全体に沁み渡った。

「国宝薬師寺展」の番組はただ文化財を紹介する番組でなく、今に生きる人々と仏が出会う瞬間を描くものにしたいと考え、平成二十年（２００８）の東京で起きた歴史的な出来事として描くことにした。タイトルは「日光菩薩　月光菩薩　初めての二人旅」、史上初めて薬師三尊の脇にあった日光・月光、二体の菩薩像は光背をとって、花の東京へ旅をし、人々がその美しい背中に涙するまでの記録となる。

薬師寺は生きている

写経をする人々を介して時代とつながった寺は刻々と姿を変える。こんな寺が他にあるだろうか。平成八年（1996）、私は西塔に続く大講堂の起工式を、膨大に並べられたパイプ椅子の一つに座って見ていた。国宝薬師寺展の関連番組として「おおらかに天にのぼる……」を制作する十二年も前のことである。旧講堂は取り壊され、広大な更地が広がる。大講堂は白鳳伽藍で最も大きい建築で東西の間口の長さ四十メートル、南北の幅が二十メートル、棟の高さ十七メートル、七千三百枚の瓦を乗せた入母屋造りの建築でこれが完成すると白鳳伽藍の復興は七割が達成されたことになるという。仮設された舞台上で式が進行される。前年十一月現在で写経勧進数、五百八十万巻、舞台上で百八巻を納めた人々に輪袈裟がかけられる。すでに九千人が輪袈裟をいただき、一万巻を超えた人々が六名もいる。しかし、この七日間も行われた盛儀の一方で、寺は時代の激動の中にあった。一年前の平成七年（1995）一月十七日、阪神大震災が起きた。その直後の四月十一日には白鳳伽藍再建を担った宮大工の棟梁西岡常一が八十七歳で亡くなった。そして、平成八年に大講堂の起工式、その二年後、平成十年六月二十二日に高田好胤管主が亡くなる。

私はこの時の流れを見ていた。大講堂の起工式での忘れられない記憶を書き留めておきたい。まず、高田管主がこの式に際して述べたことを抜粋する。高田は昭和三十六年（1961）の室戸台風の時のことを持ち出した。九月十六日風速七十メートルを越える暴風雨で、百六十本の木がなぎ倒された。前の仮金堂は鎧扉が四枚吹き飛ばされ、安置されていたご本尊の光背に風が吹き込みガタガタ大きく揺れていた。起工式を迎える江戸末期に建てられた講堂の傷みは無残だった。高田は金堂のまわりを回り続け、東塔が倒れる姿を見届けるのが使命と見守り続けた。

「愈々塔の最期を覚悟しました。それから三時間、台風一過、塔は毅然として、瓦一枚飛ぶことはなく、凛としてそそり立っていました。思わず、塔は偉いなあと手を合わせて拝みました」

荷重を支える部分には釘一本使われていない塔の姿。しかし、後世に作られた時代が下る他の建築は、瓦は吹き飛ばされ、軒が落ちた。「功徳というものは目には見えないけれども人としての尊い、温かい値打ちを身につけること。その功徳が身についているかはどうか、しかし、何かの時にその姿が現れてきます。この度の大震災で申しますれば、同じ活断層の上に並び建つ建物、高速道路の橋梁の場合でもほとんど完全に崩壊しているものもあれば、わずかな傷みで残っているものもあります。今日、私どもはあまりにも能率一点張りにおかされすぎています。それを以って合理的として、万能、金科玉条としています。最小の努力で最大の効果をあげることのみに思いをはせる。目に見えないものに向かっても、無限なる努力を惜しまない、目に見えないところを大切にする、それが宗教的心であり、宗教的訓練です」。
高田は阪神大震災の時、西岡常一棟梁らによって再建された西塔がびくともしない姿に、人間のありようをたしかに見たと熱く語った。

大講堂の起工式の壇上の中央に、享禄元年（1528）に大講堂と共に焼失した本尊の阿弥陀変相図の復元図が掲げられている。刺繍をして作った大きな仏で、高田好胤管主がそれを背に挨拶をしている。式の進行を見ながら阪神大震災が起きた時を思い出していた。
その日は早朝、異変を知らされて起きテレビを見ていた。八時過ぎ神戸で高速道路が倒壊している映像を見て私は家を飛び出した。NHKスペシャルの前線指揮官としてそれから三月中旬まで、大阪局で放送を出し続けた。

ようやく、我が家へ帰れる日、無性に薬師寺を見たくなった。奈良はうそみたいに平穏だった。近鉄の西ノ京駅を降りると裏口にあたる與楽門（北門）を入る。ムラサキシキブの二メートルの枝がしだれていて、小道を両側から包み込む。赤だったか、紫だったか、一面に小さな花が咲いていた。ムラサキシキブは夏に咲くというから、あの花は何だったたか、梅だったかもしれない。瓦礫の街の映像ばかり目にしてきた私の目に花の色がまぶしく見えた。東塔の前に来た。空をさす塔の相輪を見て無言で立ち尽くした。薬師寺は千三百年の歴史の中で、また生き延びていた。

そんなことを思い出しながら起工式の進行を見ていた私は、最後の方で行われた宮大工棟梁の祝詞を聞いて、はっとした。西岡は逝き、棟梁は上原政徳に代わっていた。式服を着て新棟梁の晴れの舞台での祝詞の奏上、

「きょうのよきひをえらびてきづくりはじめののりをおこなはむとす……」、最後に今日の日付を言ったあと、こう奏上した。「巧技乃親　西岡常一に代わりつつしみてもうす」。

自らは代理にして亡き人の名が読みあげられた。大和の工人集団の志はすがすがしく引き継がれていた。東塔の最も上層にのぼり、嬉しそうに眼下に大和平野を見渡す今は亡きいかつい顔の西岡棟梁の映像は、この西ノ京で私たちが生きた時代にできた白鳳伽藍復興という偉業を伝える。

奈良・西ノ京

薬師寺のある西ノ京は、奈良の象徴である鹿が遊ぶ若草山や、奈良公園、東大寺や興福寺のある所とは大きく離れている。近鉄の西ノ京駅から薬師寺と反対方向に住宅地を歩き、視界が開ける場所へ出ると、大池があり、向こうに薬師寺の伽藍が見える。金堂、西塔、東塔、大講堂、大きな四つの屋根が見え、そこから向こうに遥か見える山の下が東大寺大仏殿だ。私は気が向くと西ノ京駅のひとつ手前の尼ヶ辻駅を降りて歩く。駅の踏切を渡り垂仁陵と刻んだ石の道標を左に入る。古道の雰囲気が満ちてくる。右に天皇陵の池と森が広がり、特に夕方は赤く染まって絶景

となる。

野菜を植えた畑、稲穂が揺れる田んぼを十分も歩く。線路を左に見ながらやがて踏切を曲がると唐招提寺がある。仲秋の名月の夜、金堂の扉が開かれる。月の光に浮かびあがった薬師如来、盧舎那仏、千手観音はこの世のものとは思えなかった。ここは、また、青葉の頃が行きたくなる。芭蕉の句がある。「若葉して　おん目のしずく　ぬぐはばや」。唐から荒海を越えて渡日した辛苦で失明した鑑真和上坐像のお顔にこの句が重なると、ある時期の日本がくっきりと出てくる。仏教の興隆の一方で進んだ寺の荒廃は、鑑真がもたらした戒律によって立て直された。

ここから車が一台しか通れない一方通行の道がある。木造の昔風の本格的な民家が建ち並ぶ。秋が深まる頃、柿がたわわに色づく頃が格別な風情でこんなところに暮らしたいと何度も思った。この道を五分も歩くと薬師寺白鳳伽藍が見えてくる。天武天皇が発願し、皇后だった後の持統天皇が七堂伽藍を完成させたと寺の案内には書いてあるが、謎の多い寺で、未だに論争が続いている。本来、薬師寺は藤原京にあった。では、今の薬師寺は、遷都の時移築したのか、新しく作られたものなのか、薬師三尊も藤原京から運んだものなのか、移転後鋳造されたのか、はっきりとしているのは、平城遷都後の天平の様式ではなく、その前の白鳳時代の様式を伝えている稀有な寺だということだ。

藤原京跡には、本薬師寺という跡があり、礎石が並んでいる。その中で最も大きい東塔の心礎に立って西方を望むと、西塔の基壇の中央を透かした線上に畝傍山の頂上を見ることができると写真家の小川光三氏が薬師寺の機関誌に記している。畝傍山は神武が治めたという大和の国と葛城の中央にあり、天武帝の時代には国の中央の山という意識があったに違いないと長年大和を撮り続けている写真家は言う。畝傍山の東に東方薬師瑠璃光如来を日の出の太陽のごとく配し、東塔と西塔を山頂と一線に並べていた。それを今の西ノ京に東西南北そのままに移しているのだ。

浄土は光とともにあらわれる

古代の人々がこの世に造り出そうとした浄土を体感したいと、許可をもらって参拝者も誰もいない境内に朝までいたことがある。昼間は修学旅行生たちへの法話の場となる東僧坊も閉じられ、その壁を背に月を追う。まだ低い月は東塔の方へ次第に動いていった。夜が更けると月輪が輝きながら東塔の上の九重の相輪にからみつくように回り始める。そのまた上の水煙の二十四人の飛天も音楽を奏でているに違いない。月は西塔の上を通り過ぎて、空が白む頃、大講堂の方角に落ちた。薬師如来が出現するといわれる夜明けがきた。太陽の光が輝きを増して、僧侶たちの堂塔の巡拝が行われる。行列の先頭に立ち、西塔に向かって手を合わせる安田暎胤管主の影が壁にあたり揺れている。彼岸の時、東塔の影が西塔までのびる日もあるという話も僧侶から聞いた。浄土は光とともにあらわれるのだという。

こうして薬師寺と向き合う中で常に脳裏にあったのが昭和五十七年（1982）に正月番組として放送した教育テレビの「訪問インタビュー」である。日本の知性といわれる人物がもう一人のその道を極めた巨星を訪問して対話をするという番組である。その巨星はインド哲学者の中村元《はじめ》先生、二十年かけて執筆した佛教語大辞典の原稿を出版社が紛失した。先生は怒りもせずに翌日から書きはじめ、八年かけて完結し別の出版社から四万五千項目の辞典を刊行したという逸話がある。杉並のご自宅で私の初歩的な質問に対しても書庫に出たり入ったりして、いちいち確認しながら答えていただいた姿が深く心に残っている。

もう一方の知性は、文学者の堀田善衞《よしえ》氏、スペインの画家「ゴヤ」を全四巻にまとめたあと、ヨーロッパの辺境から東洋の日本を見つめていた。まだ三十代半ばの私は、二人の賢者の間を右往左往しながら、宗教を通して日本人を見つめる番組を作った。

堀田「非常に基本的なことですけれどもですね。この宗教という言葉は、新しい言葉ですか、古い言葉ですか」

中村「古い言葉で仏典に出てくるのです。禅の宗鏡録《すぎょうろく》なんて本にも出てきますしね。それから日蓮宗の学問では昔から使うのでございます。ただ、西洋からレリジョンということばが入って来た時に、当時の学者は困ったわけですね。そこで、ぴったりとはいかんけれども、それを訳語として使おうということになって、今日に至っております。ただ、もとのレリジョンと同じかどうかは、これは若干問題があるのでございます。と申しますのは宗教というのは二字で出来ておりますね。ところが仏典の使い方では、宗と教が違うのです」
堀田「ああ、つまり宗とするところと、教えと別ものですね」
中村「別のものなのです。その宗とするものはかなたにあって、表現し難いものである。ちょうど月を指す指だというのでございますね。それを人に説く場合に教になるわけです。それで月を指す指がいろいろあるわけですね。あっちにもあり、こっちにもある。そういう具合にその教えはいくつあってもいい。しかし、もとのものは人間の思惟を超えたかなたにあると、そういう考えなのでございます」

中村先生は信心の因って起こる元が宗教で、もっと広い言葉では仏道と言う。実践の仕方ととらえるのが東洋の考え方だったと言う。そして、話は核心に入った。
中村「宗教というとすぐに教義でもって人を縛りつける、それを連想しますけれどもね、東アジア、南アジアの理解の仕方は少しく違いまして、『教えというものは、筏のようなものだ』ということを言うのです。つまり、川岸を渡って向こうへ行くのに、筏が必要だと、けれど筏で渡ったならば、その筏は棄てられなければならない」

堀田「つまり方便？」
中村「方便だというのですね。そのための目的なのです」

現世利益の仏様、薬師如来

人間が悟りを開くことをめざす仏教では、大衆を導く方便として、現世利益を与える様々な仏が出現する。いかなる人間にも死がやってくる。その死に対する恐れをやわらげる阿弥陀如来である。そして、人間を病から守り死をはるかかなたに追いやる薬師如来、仏の最高の地位にあり如来の中で現世利益を願う唯一の如来は、頭は毛を巻きあげた螺髪、身には一片の装飾もつけずに座す。右手を胸の高さに上げ、掌をこちらに向ける。左腕は膝に置き掌を仰むける。そして、右に日光菩薩が左側中央に向けて腰をひねり、左に月光菩薩が右に腰をひねって立っている。図面を重ねるとぴったり一致する相似形だそうだ。写真を撮影している女のモデルがポーズをとっているかのようだ。菩薩は悟りを開くために修行をしている。人間に近い姿をして私たちに近づき導く。

薬師寺のご本尊の撮影のため金堂にクレーンカメラが入ったのが秋深い平成十九年（２００７）十一月二十四、五日のことだった。三メートル十七センチもある仏の体を撮影する。山門が閉じ

薬師寺金堂　日光菩薩像と光背

られ誰もいない金堂、いつもは仏の前にある高座や経箱が片付けられている。何も聞こえない。親しくなった僧侶たちとこんな会話をした。「日光さんと、月光さんとどちらがお好きですか?」。僧侶たちも微妙に感じが違う菩薩の姿に、日光さんが好きな人と月光さんが好きな人がいるらしい。皆で読経する時は好きな方に行きたくなるといっていた。ただし、本尊の薬師如来は違うらしい。管主が大体正面に座るが、たまに若い僧が座る機会があった時のことだ。読経をしていると如来の姿がどんどん大きくなって、迫って来たそうだ。広げた膝の幅が二メートル、高さは台座から頭の上まで二・五メートル、圧倒されたと言っていた。私は天皇の命令で、莫大な資金と労力を使って行われた国家プロジェクトを想像した。外型を作って銅を流し込み、銅が固まったところで外型の土を割り、銅の表面に細部の仕上げや模様を彫り込む。薬師如来には悟りを開いた仏の超越した能力が刻み込まれている。手には人々の迷いを鎮めるといわれる法輪、指の間には水かきがあり、すべての人を残らず救う。高い所から下を見下ろすクレーンカメラは普段見ることのできない足の裏まで映し出す。かかとの模様はこの世の闇を照らす太陽と釈迦をあらわす。手にもあった法輪の下の魚は、地上の生物が死滅した時に生き残ったという魚、指の卍の模様は、良いことが起こる前兆をあらわす。

薬師三尊の前に立っていると自分が「この番組は仏の背中で描く」という覚悟を決めた瞬間を思い出し、見上げている膝のあたりが緊張してくるのを覚えた。たしかに、一枚の写真を見たことがあったのだ。昭和四十六年、月光菩薩が東京のデパート展に出た時の写真だった。参拝者が仏を拝む時は、いつも正面で、光背を背負っている。その写真には光背が取り外された姿が写っていた。腰から下のスカートのような線の流れ、肩から飾りの入った紐が腰に下がっている。顔は見えないが、背中がメッセージを放って来る。その人の生きざまは背中にあらわれるというが、このことか。今、日光菩薩を見ていると抱きつきたくなるほどいとおしさをおぼえるのはなぜだろうか。東京の大都会で暮らす人々が菩薩の背中と対面するところで番組は終わるものにしたい、私の直感は、間違っていなかった。

高田好胤和上や西岡常一棟梁と知己の間柄だったという美術史家の青山茂氏は、論文にこう記している。「中国で仏像が拝まれ出した時代、石窟寺院の参拝者は正面からしか仏像に対することができなかった。飛鳥時代の仏の特色はこの延長線上にあり、正面観照性を重んじる反面、側面や背面は実に貧弱である」。かつて法隆寺金堂が解体修理された時、諸仏は大講堂に仮安置されていた。青山は昭和二十九年（1954）十一月三日、新装された金堂へ仏が搬入される日のことを記している。「仕事柄立ち会う機会に恵まれたのであるが、その神秘的で威厳のある釈迦像や脇侍の薬王・薬上両菩薩の側面や背面の、いたましいまでの貧弱さを、いまも忘れることができない」。白鳳時代、初唐の造型感覚をいち早くとりいれた天武天皇の時代、仏像は全方位からの観照に耐えるものになった。

奈良国立文化財研究所研究員として数々の論文を発表している長谷川誠氏が記した一文は、法隆寺で焼失した金堂壁画との類似性を物語る。「たとえば、金堂壁画の第一号大壁の宝玉文で飾られた宣字型台座は、薬師寺本尊のそれと類似し、これほど似た作例はほかに求められない。あの六号壁大壁の中尊とあまりにも似ていないか。（中略）第六号大壁の両脇侍像はもとより、第三・四号壁の菩薩像との類似性も否定できない（中略）本尊の球体に対して、方形の台座はまさに大地である。葡萄唐草文は連々と繁茂する豊饒な大地の植物を象徴する。『大智度論』によると、仏の台座や光背をかざる唐草文をはじめ、もろもろの宝玉、瓔珞《ようらく》垂飾は、蓮華から生まれた天人が散らす花びらからの変成したものだという。天蓋《てんがい》にいたってはその散華のかたまり、まさに華蓋である」。

ここまでくると、なぜ金堂は美しいのか、なぜ白鳳伽藍を復興しなければならないのかまで、理解できるようになってくる。

早暁、菩薩が寺を出る

十二月、欄干が取りのぞかれ、いよいよ、三尊の光背を取り外す作業が専門家チームによって始まった。日光菩薩は十三日から、月光菩薩は十五日からそれぞれ器材を使って行われる。十七日から本尊の高さ四・三八メートル、幅三・一二メートル、奥行き一・一三メートルの舟形光背が取り外される。これを撮影するNHKのカメラは二台、うち一台は天井裏に上げ、見下ろす真下で、胴体と光背が離れる瞬間をねらう。まず、光背に埋め込まれている人の頭ほどの化仏《けぶつ》を外すことから始まった。三尊にはそれぞれ七つの化仏が光背に埋め込まれている。七仏薬師といい、国土を七尊がわかち衆生の教化にあたり、薬師如来がすべての功徳を統括しているというのが薬師経で説かれている考え方だ。その一つ一つが人の手で抱きかかえるように大事にとりだされる。

「生きているうちにお背中が見られるとは思わなかった」と、僧侶たちが集ってくる。毎日仏を拝んでいる僧侶も背中を見たことはないのだ。本尊の光背がはずれた。その時一人の僧侶がつぶやいた。「大きくて静かなお背中ですね」。金堂には背中を見せた三尊が並ぶようになった。

年が明けた正月、薬師寺に珍しく雪が降った。そして、一月十八日、一山の僧侶が門が閉ざされた夕刻に金堂にあつまり、お身拭いが行われた。通常、仏の体を拭う掃除は年末恒例の行事として、若い僧侶や手伝いの人々によって行われるが、今回は特別で、管主以下本山の僧侶総出で行うことになった。毎朝、勤行の時に薬師如来の前に座る安田暎胤管主が浄布を手に如来の台座に立つ、みるみる顔が紅潮してくる。人生のすべてを捧げてきた仏の背中に生きているうちに触れたという感激が伝わってくる。三尊一度にお身拭いが行われるとカメラが対応できないので、本尊、脇侍の日光・月光菩薩像と、順に撮影させてもらう。

涙目で懸命に背中を拭う僧侶たちの思いが伝わる映像となった。

山田法胤副住職（現、管主）は薬師寺に入山して五十三年になる。月光菩薩の体を拭っている。「お顔を間近に拝ませてもらってね、千三百年前にこんなすごい仏像を造形された人はどんな人かなと想像しながら、耳元で、東京へ行かれるんですねとささやいたんです」。カメラは、東塔の上にも上がった。とび職人に命綱をつけてもらい相輪の下に立つ。ここには檫銘《さつめい》という、創建当時に刻み込まれた文字が記されているのだ。

「巍《ぎ》々《ぎ》蕩《とう》々《とう》たり　薬師如来（中略）あゝ聖王、冥助を仰ぎこひ、ここに霊宇をかざり、調御を荘厳したまへり」。天武天皇の力をもって、金堂と本尊はついに完成したと雄々しく謳いあげている。良い国を造りたいという古代の人々の息遣いが聞こえる。

三月十七日早暁、日光・月光菩薩はトラックに積まれて寺を出た。揃っての旅は史上初めてのことである。僧侶たち全員が般若心経を唱えながら見送った。まだ、夜もしらむ前、僧侶たちの姿は墨絵のようであった。この頃、私は薬師寺の機関誌に一文を寄せている。見出しは「日光・月光菩薩　春の旅立ちまでの映像記録　撮影中」、その最後にこう記した。「生き辛い時代の東京で、日光・月光菩薩によるブームが起きる予感がします」。東京国立博物館に到着した国宝は、梱包をとかれた。展示台に乗った仏を超クローズアップで撮影する作業も順調に始まった。やはり大きい。薬師寺から菩薩の姿の撮影を続けてきた李憲彦ディレクターら撮影スタッフの姿がいっそう小さく見える。三月二十五日から、六月八日まで、「国宝薬師寺展」が開幕する。私はそれを見届け、また、静かな薬師寺に戻ることにした。金堂には、本尊の薬師如来が一人坐していた。三月三十日から四月五日まで金堂には練行衆や参拝者の祈りの声が響く。およそ、九百年前の昔、嘉承二年（１１０７）、時の堀河天皇が皇后の病気平癒のため法要を行い、その結果平癒したといわれる。皇后は感謝の心を十種もの花にこめて、修二会に献じた。これが花会式《はなえしき》の始まりだ。

梅、桜、桃、山吹、椿、牡丹、藤、百合、杜若《かきつばた》、菊。ひとつの造花《つくりばな》を作るには二十の工程があるという。造花の秘法は奈良市菩提山町の橋本家と西ノ京町の増田家に代々受け継がれている。手漉きの和紙は美濃、越前から届けられる。かつては和紙の着色に、薬用草根からとった染料が用いられ、花会式が終わると、この花を煎じて服用されもした。年明け、花作りが盛りとなる頃、菩提山町の橋本家をたずねた。橋本さん夫婦と子どもたち、娘夫婦が細かい手作業をしていた。たとえば、月光菩薩の前に飾られる藤は、たらの木を削りヤスリでツヤを出してつぼみを作り、そのつぼみのちいさいのを五十個、中くらいのを二十五個、咲いた花を三十個付けてようやくひと房できあがるそうだ。

明るくのびやかな薬師寺の声明が流れる中、舞台から散華を撒かれる。人々は殺到して拾う。先導する僧と大衆が輪唱する形で腹の底から声を絞り出す。「南無薬師瑠璃光如来」の最初の三文字「南無薬《なむや》」に感を極め、体を大きく反らせて絶唱するのだ。

「あおによし　ならのみやこは　さくはなの　におうがごとく　いまさかりなり」。毎年、奈良に本格的な春の到来を告げる花会式、金堂は花で埋め尽くされる。だが、この年は異例である。本尊の薬師如来の左右にできた日光・月光菩薩のいない空間には、仏の写真を印刷した垂幕がさげられていた。

沈黙の三分間

東京で日光・月光菩薩のブームが起きた。このことが現実のものとなる兆しはあった。四月二十八日、連休前の放送が決まったNHKスペシャルの映像を編集するさなかに、抜けだすように広島へ出張した深夜のことだ。疲れ果て、早く寝たので夜中の二時頃、目が覚めた。ベッドの中でテレビのスイッチをいれた。BSだったかもしれない。「日光・月光菩薩　はじめての二人旅」、国宝展開催中をつげるミニ番組が流れてきた。菩薩の背中が美しく、安田管主のインタビューが続く。「より多くの日本の方々に東京で日光・月光さんを拝んでいただくことによりまして、日本人の心がさらに浄化されることを願っての事ですので、お一人になるお薬師さんにはお許しいただきたいとお願いしました」。
石坂浩二のナレーションが続く。「日光・月光菩薩が展示される東京国立博物館では、美しい姿を三百六十度全ての角度から見ることができます。ふたりの菩薩は、今を生きる私たちに何を語りかけてくれるのでしょうか」。

こんな深夜の時間にも放送してくれているのか、視聴者の反響が大きいのかもしれない。東京のＮＨＫに帰り、ミニ番組の放送計画表を手にいれた。なんと、五分のミニ番組が三十三回、十分版は二十六回の放送が計画されていた。入場者数が、四月半ばすぎから一日一万人を超える日が出てきた。入場待ちの人々のため日傘のレンタルが始まり、給水所もできた。二時間待ちの日が出てきた。私は何度も会場へ足を運びこの現象を観察した。

会場に、両菩薩を一・二メートルの高さから見ることができるよう壇が設けられている。目の高さで菩薩と対峙できる。下のフロアの婦人が見上げている。背中の腰のつけ根のカーブを見て、顔を見る。また、背中を見る。ハンカチで目頭を拭う。白鳳伽藍復興に生涯を捧げた高田好胤和上が高度経済成長の時代に訴えた言葉を思い出す。「どのような人の心にも、その奥に美しい仏心が内在している。仏様のお顔を見て、あなたの心のオアシスを掘り当てて下さい」。人間の心の奥にある美しいものがあふれだす。展覧会の会場で手を合わせて祈っている人々の姿ははじめて見た。

国宝展は六月八日まで開催され、入場者総数七四万人を記録する。日本美術の展覧会としてはその当時の歴代一位となった。

光背がとられた菩薩は、なまめかしい人体となり、ぐっと人間に近くなった。菩薩は永遠なるものを求め永遠に修行を続ける。しかし、現代の若い女性のような飾りをつけて微笑み、近づいてくるのだ。

病を恐れて生きていた古代の人々は健康な体に憧れた。人が長くても四十年しか生きられなかった時代の願いを、私はＮＨＫスペシャル「日光菩薩・月光菩薩　はじめての二人旅」に託した。今、千三百年前の祈りと現代の人々の祈りが出会っている。ＮＨＫスペシャルのクライマックスは、正面から撮影した三尊と、三人の背中が並ぶ姿、この三分間だけは、ナレーションもなく、音楽もない、テレビとしては異例の静寂の場面とした。忙しい時代、金堂で三尊の前に佇む、沈黙を伝えたいと思った。全くの無音ではない、同じ時代に生きる参拝者がまわりにいる気配があり、かすかな風も吹いている。

第六章　千年に一度の出来事、ふりかかった歴史の中での私の時間

あの日の茶会

北鎌倉駅のホームを出ると小さな踏切があり、そこから左に進んだ山の階段を登ると伝宗庵《でんしゅうあん》があった。山の斜面に建つ庵は懐かしい日本家屋で、ここからは見えないが、山の緑の向こうには相模湾がある。

春が来て開け放った窓の向こうは、平和そのものだった。下の方に見える横須賀線の北鎌倉駅の踏切の信号音が時折聞こえる。ここの茶室で、茶に関心を持ち始めた私のために小さな茶会が開かれた。なんと、ここは日本画の大家、前田青邨《せいそん》のアトリエがあった建物で、画伯が愛した茶室があった。鎌倉在住で古事記の朗読者大小田《おおこだ》さくら子さんの「やまとかたり」と琴奏者馬場信子さんの演奏を聞いた。

東北で千年に一度という地震があった日は、鎌倉の円覚寺にいたのだ。その山の中腹の庵で、お茶をいただいていた。

どれどれといった風情で、伝宗庵の主である足立大進老師があらわれた。臨済宗円覚寺派の管長を三十年もつとめたお方だ。禅門の修行道場では、自らの禅の境地を表現する禅問答において、広く集められた禅語を駆使した。岩波書店からその手引きとなる三千四百の秀句を選んだ「禅林句集」が出ているが、その編者である。円覚寺入り口の「円覚寺」という寺標も足立老師の書で、蒙古襲来という国難を退けた北条時宗が眠る名刹であることにふさわしい堂々たる書である。でも、その日はざっくばらんな雰囲気が醸し出されて、大小田さんのお点前による茶をいただき、続いて老師様のお点前を拝見した。私は思いのほか緊張をすることもなく、やまとかたりと琴によるおもてなしをうけていた。今考えれば運命の茶会だった。実は、私がこの時期に都合の良い日は十一日だけで、それに合わせて大小田さんは、福島の小高で行われた二十数名のお母さん方との会を一日早く切り上げて帰って来ていた。絵本の朗読とやまとかたりの発声法を教え一緒に詠む会だった。現在は南相馬市にある小高は、西は阿武隈山地、東は太平洋に面している。

午後一時半くらいだったたか、「やまとかたり」と琴の演奏が終わり、隣にある足立老師が日常生活を営まれる庵に移動した。老師様が今度は魔法瓶の湯を注ぎ抹茶を点てる。気楽なお点前でも、点てる人によってこんなにおいしいのかと感心した。そんな思いでいたところ、大きな揺れがきた。女性たちは恐怖のあまり抱き合っている。老師様はさっさと見回りに出て行った。私は、庭に出た。揺れが続く。おさまらない。この頃、福島の小高では、やまとかたりの会に参加したお母さんたちは押し寄せる津波から逃げ、大小田さんが前日に泊まったばかりの古くて気持ちの良い旅館は、地震の衝撃でぺしゃんこにつぶされようとしていた。

老師様がラジオを持ってきて葉山海岸のFM放送を聞き始めた。アナウンサーがとんでもないことを言い始めた。「相模湾に津波がくる心配があります。海から離れて下さい」。たしかに聞いた。「相模湾に津波がくる」と。放送が緊迫してきた。「まだ、葉山の海でヨットを出している人が見えます。ただちに避難して下さい。繰り返します。まだ、ヨットが見えます。相模湾に津波が来る心配がありますので、陸に戻って下さい」。

正面に見ている山の向こうが相模湾だ。体が硬直してくるのを感じる。山から下に見るJR北鎌倉の駅に湘南新宿ラインの緑の電車が止まったまま、駅を横断する踏切の警報音は鳴りっぱなし。電車は完全に止まった。

さて、どうすればいいのか。

円覚寺の庵から北鎌倉駅を見下ろす

帰宅困難者になった日から

小さな北鎌倉駅には駅員も少なく情報もないだろう。鎌倉駅まで歩こう。東京と逆方向に歩き始める。この時、判断を誤った。私は、帰宅困難者になろうとしていた。北鎌倉駅前の道を左へ歩くと踏切があり、そこから十五分程度で建長寺を通り過ぎ、駅前商店街の小町通りを急ぐ。ふだんは若者の気を引く店も街並みも、今は目に入らない。鎌倉駅に辿り着くとそこはすでに人であふれ、列車の運転再開を待っていた。ここで少し様子を見ようと立ち尽くした。列車は来そうにない。七時前くらいだった。混乱の中から私の名を呼ぶ声がした。二十年も前に私の本を担当した編集者の顔があった。恐ろしいほどの偶然だ。「石巻に母がいるんです。どうしても行かなければならない。横浜まで歩くしかないです」と言って姿が消えた。たしかに寒い駅でこれ以上待っていても電車は朝まで来ないかもしれない。駅の外に出ると街は真っ暗だった。電気が消えた街を初めて見た。小町通りを急ぐが、向こうから来る人とぶつかりそうになる。姿が見えず、接近したら顔がすぐ前にある。大船駅近くに到達した。電車が走っている気配はない。このまま頑張って鎌倉街道を歩き、横浜の上大岡という大きな街まで行ったらホテルを探そうと思った。そこからの広い道が単調で長く疲れた。コンビニがあり助かったと入ると、「停電で冷蔵庫が使えないので閉店しています」と追い出される。ようやく横浜と書いた住所を電柱に確認できた時、街に電気がついた。九時頃だった。いっぺんに街がよみがえった。

しかし、東京の自宅へかける携帯電話は通じない。驚いたことに佐賀の母からの携帯電話がつながった。何回も連続してかけていたら通じたとのこと。今度はメールが着信した。東京の妻と娘たちとのやりとり、故郷の弟とのやりとりの内容がわかった。私を心配している。

「父はまだ連絡がとれません」

妻は用事を済ませ午後早く家に帰っていたこと。近くに住む長女の孫を保育園から引き取り、無事に家にいること。長女夫婦は都心が混乱しているため会社に泊まり、次女は止まった小田急線の線路を多摩から新宿方向へ歩いていることを知った。それから三十分ほど歩いたろうか、妻からどこかのホテルに泊まった方が良いのではないかというメールが入ってきた。「そうする」と返事をすると少し気分が落ち着いた。歩き続けると、大きな回転寿司屋があった。入るとテレビがついていた。やれやれ助かったようやく坐れると腰を下ろしたとたん、テレビの画面に釘付けになった。私が津波の大きさを初めて知った瞬間だった。津波が街を飲みこんで、家が流されている。店にいる皆が無言でテレビを見守っていた。深夜十二時頃、横浜中華街近くに辿り着いた。店は全て閉まっている。タクシーで桜木町へ向かう。野毛の大衆酒場街の一角に中華食堂が一軒だけあいていた。ここで食べ物を少しずつ注文しながら二時間は粘ることにする。ずっとテレビを見続け、津波の恐ろしさと日本に降りかかった出来事の深刻さを思った。三時、タクシーをひろって横浜駅西口へ着く。いつもは華やかな地下街へ入ると、たくさんの人が座り込んで仮眠していた。私もリュックサックを枕に、足を伸ばしてうとうとした。四時前、東横線の改札から人が出てきた。渋谷方面から電車が到着したのだと、ホームへ走る。四時十五分頃電車に乗る。渋谷から先は山手線が動いていないので途中の中目黒で降りて日比谷線に乗り込み、ようやく都心に入った。鎌倉から東京まで十三時間かかっていた。練馬区氷川台の自宅へ着いたのは朝八時を過ぎていた。

テレビを見るが私の緊張は解けない。映像に、人々が一夜を明かした建物で身を寄せ合っている姿が映っている。「帰宅困難者」という言葉をニュースで初めて知った。

千年に一度という出来事が、私の身の上にも降りかかってきた。その日から二週間後、放送が迫っていた。年齢を重ねてようやく見えるようになったテーマの番組「白洲正子・八百万の神がすむ山河」は五十歳を過ぎた頃から始まった十五年の思索行の結果だった。

こんな語り出しで始まるドキュメンタリーである。

「日本の山河に、千年を越えた祈りの時間が流れています。地震や洪水をもたらす自然への畏れ、漠々として流れる水の勢いの中に、人間を越えた聖なるもの、神や仏を感じてきました。日本人の神や仏を語る文章を残してこの世を去った、白洲正子。そこに貫かれているのは、西洋の一神教とは違い、神と仏を合わせ持つ、日本人への誇りです」

この言葉の背景の映像は、山々が重なり清冽な九頭竜川が流れ、向こうに雪を被った霊場白山が聳えるものにするイメージを持っていた。

映像編集の準備をしていた頃、政府は首都圏の一部と、東京も停電する可能性があると記者会見で発表した。編集室は渋谷の盛り場、道玄坂にあった。繁華街で、喧騒にあふれている。停電になり街が真っ暗になった時に何が起きるのか、テレビで見た外国での強奪騒ぎのようなことが起きるのか、ディレクターは女性だ。数日様子を見るため編集作業に入らないで、自宅で待機するように指示した。しかし、何も起こらなかった。全く普段通りの時間が流れた。むしろ、世界のメディアは冷静に行動する日本人の姿に驚いてニュースを伝えた。冬の寒い被災地の避難所で、人々が励まし合って生きる映像が全世界に流れていた。

三月十一日から十日たった二十一日、いよいよ番組の放送が迫った日、私は故郷の父を死に目にあえないまま亡くした。編集、ナレーションの原稿がおおかた仕上り、後は録音すれば良いところまで来ていた。残りの字幕を入れる作業と音楽などの処理は後輩のプロデューサーに託して佐賀の実家に向かった。父の死に立ち会えなかったが、お見舞には幾度も訪れ心の中ではお別れを済ませていた。むしろ、その行き帰りに頭を離れなかったのは、千年に一度という出来事をどう考えれば良いのかということだった。

被災を免れるため高台への移転が必要という論調が表だってきた。しかし、人々は海から離れて生きるのか困惑している。寝ている間も津波の心配をせずに住める高台に街を作るという考え方、海から離れたくないという人々、葬儀が終わった私は、幼い頃から毎日見ていた故郷の山々を見ながら、千年に一度の出来事に、映像で同時代の記録を制作してきた私自身がどう向き合えば良いのか、考えなければならないと思った。

東北の被災地に立つ

四月半ば、いつも一緒に番組を作っているプロダクションへ行った。
「阪神大震災の時、その日のうちに大阪に入り、二か月近く番組の制作を指揮し、必死に放送を出し続けたことがある。今、被災地のＮＨＫの記者やディィレクターたちは、毎日毎日、何が起きているかを目の前のことを伝えるだけで精いっぱいだ。こういう時に、フリーの立場の人間にやれることがある。この惨禍を人間はどう乗り越えていくか、復興までの人間の姿をみつめ長期に記録することだと思う。それを一緒に実行したい」

初めて被災地に入ったのは五月十六日だった。花巻でレンタカーを借りて一人沿岸部へ向かい、宮古から大槌町、釜石と南下した。緑の濃い山間を道は海へと続く。通り過ぎる救援車両は赤十字の幕をつけている。災害派遣の自衛隊の車両には全国各地の部隊の名前が書いてある。隊員たちの顔は無言で厳しく、前をみつめている。沿岸部には宿はなく食事ができるところは全くない。この日の私の記憶は、人もいない、音のない世界だ。破壊され尽くした集落の向こうに津波が来た青い海が広がっていた。車を走らせると次々に岬を越え、入江が現れる。不思議なことにところどころ被害のない入江もある。こんなにも美しく、海に近い所で人々は暮らしていたのだと実感した。

初めての被災地での一日を終え、新幹線に乗ることにした。花巻に戻る。この日は仙台に泊まり込むことにし、後輩で仙台放送局の隈井秀明放送部長に会って労をねぎらいつつ地震発生直後の話を聞いた。「揺れた直後、一番大きな震度を記録した栗原地区に中継車を出す判断をしました。内陸部です。もう一台をどこへ出していいか迷った。そこで、ヘリコプターを飛ばすことにした。ヘリが飛び立った数分後に空港に津波が来た。世界に流れたあの映像です」。発電機を回す油の確保も大変だった。食料は大丈夫だった。報道の最前線を指揮する人間の孤独がよくわかる。私は翌日、一ノ関から南三陸町へと向かう。先行して取材をしていたスタッフと合流した。彼らは沿岸部にすでに二回入っている。車の中は言葉少ない。だんだんと状況がわかってくる。あっと、息を飲む光景が広がる。車がようやく山を下りかけてしばらく走ったところ、海はまだ全く見えないところだ。大津波が家を押し流して、一面瓦礫が散乱している。幅三、四メートルしかない小さい川を津波が登ってきて山の方にまで到達していた。車は下りになり、流された集落が広がる。「最初に目にした時、ここはヒロシマだと思いました」と、鈴木和弥ディレクターが言った。

川に小さな橋が架かりその上流の川べりに林があった。一軒の家がある。窓ガラスが割れ、家の中は散乱している。なぜかカーテンだけが風に揺れている。さらに居間らしいところを覗きこむと、柱に家族一人ひとりの名前を書いた鍵が並べて吊るしてあった。「行ってきます」「ただいま」という声が聞こえるようだ。

私たちは川べりを海の方へ向かう。そこから十分後、町役場の職員など五十三人が逃げ遅れた防災対策庁舎があらわれた。四十三人が犠牲となり、十人が助かった。人影の少ない瓦礫の荒野、ここだけに人影がある。庁舎は訪れた人々が死者を悼む慰霊碑となっていた。花束が並び、寄せ書きが置いてある。この三階建ての防災対策用の庁舎は五十年前のチリ地震津波のあと作られた。その時の津波の高さは五・六メートル、新庁舎は三階建て、高さは十二メートルあった。津波が来ると町長の指揮のもと町の職員がここで防災無線による放送や、防潮堤の開閉の判断をすることになっていた。

あの日、町の女性職員がマイクで呼びかけていた。声がテレビの津波の映像に録音され残っている。「津波が襲来しています。高台へ避難して下さい」。

遠藤未希さんは二十四歳だった。この若い女性の声を山ひとつ越えた山間の戸倉西戸《とくらさいと》地区に住む阿部壽男《としお》さんは聞いていた。

「六メートルの津波がきます」、次に「十メートルの津波が襲ってきます」、三回目の声が聞こえた所で放送が途切れた。何かあったなと表に出たところ、近所の人たちが集まっていた。放送が途絶して五分が過ぎた頃だったたか、阿部さんが車を動かして村里の奥へ避難しようとした時、下から盛り上がる津波が近づいてきた。足の悪い八十七歳の母親を背負い、氏神様を祀っている裏山へ、妻とかけのぼったのだ。この地域は八十六世帯中七十五世帯もが流された。三月十六日に自衛隊が入ってきた。福岡の自衛隊三百人、鳥取の消防五十人、地元の人々四十人、海側から一斉に一列になって山の方へ遺体を捜索していったと阿部さんは言う。実は私の弟の息子は自衛隊員で、先遣隊として南三陸に入って被害状況の確認や町役場と救援活動のための調整を行っていた。弟が言っていた。「滅多に連絡がないのに息子が珍しく連絡してきた。仕事が大変なのには耐えられるが、遺体を見付けるたびに部隊の皆の神経がおかしくなる」。

広島の原爆ドームを思わせる防災庁舎跡で

再び、防災庁舎に戻る。被災地の風景に少し慣れた帰り道、ふとカーナビの画面に目がいく。かつてあった街、今はない道を無言のまま表示している。今車が走っている道の海側に港と市場、観光客に採りたての魚を食べさせる店が立ち並ぶ。この一角に四階建ての会館があり、その三階であの日、老人会の芸能大会が開かれていた。十四時半過ぎ、演奏会が終わり帰ろうとしていた頃、地震があった。そして、三時二十五〜二十七分頃に津波が到達したのだ。カーナビは左に志津川病院を表示する。ラジオはこう伝えた。「南三陸は壊滅、かすかに見えるのは志津川病院屋上にある緑の十字架のマークだけです」。病院は爆撃を受けたかのような惨状だ。私たちを乗せた車は川の手前を左に回った。カーナビはここに繁華街があったことを表示する。商店、民家が立ち並ぶ。表示に「南三陸町役場」、今は跡かたもない。画面はその先の防災庁舎で止まった。

車から降りると夕闇が迫っていた。剥き出しの鉄骨に日が当たっている。本格的に防災庁舎の撮影に入る。鉄骨に、漁網や養殖の浮《うき》、流れてきた家の柱などが散乱してぶら下がっている。見上げていると、やがて、かつて広島局に勤務していた時によく見た原爆慰霊碑の姿と重なった。積み重ねられたレンガの一枚、一枚の形をおぼえるほど観察していた時期がある。惨禍と人々の苦しみ、悲しみをレンガの中からくみ取ろうとした。この防災庁舎も悲劇を伝えるモニュメントになるだろうか。鉄骨の柱に生々しく垂れさがった雑多なもの、きれいに撤去される前に映像で記録しておかなければならなかった。カメラが養殖網のブイや流木、家の柱の残骸など、ひとつひとつ舐めるように映していく。とっぷりと日が暮れてきた。ふと、水色の小さな車がやってきた。薄暗い中、女性が降りてきて、庁舎の周囲を回り始め反対側に消えてしまった。瓦礫の山の向こうで何をしているかわからない。私はスタッフにカメラで追うように声をかけた。

声が聞こえる。「お父さんてば！　お父さんどこに行ったのかな、海まで、沖まで行ったのかな。待っているから早よう帰って来て、お父さん……」。

震災から二か月あまり、その女性は、毎日、同じ時間にここで夫を捜していたのだ。瓦礫が頭の上から落ちてきそうな場所まで入り込み、「お父さんてば」と呼びかける。夫は町の職員で防災を担当していた。津波が来る日、防災庁舎で遠藤未希さんとかわるがわるマイクで避難を呼び掛けた同僚だった。夫の三浦毅さんとひろみさんは志津川の隣の入江で生まれ育った幼馴染だ。青春のまっさかり、毅さんのオートバイの後ろの座席に乗って、美しくにぎやかな志津川に来てデートをしていたそうだ。インタビューを撮り終わり帰る頃には、空に丸い月が上がっていた。骨だけの庁舎と月、まだ六百人を越える人々が行方不明の状況を象徴していた。

津波が屋上の高さを越えて十四メートルにも達した時、町の職員は全員屋上にあがっていた。全員必死で手すりにつかまる。一人、一人と仲間が激流の中に見えなくなる。佐藤仁町長が必死でつかまって助かったという非常階段が、その瞬間を伝えている。この近くにＪＲの志津川駅があったはずだ。今は線路がどこを走っていたかもわからない。

翌日、町長に会いに、ベイサイドアリーナという避難所になっている体育館に行く。防災服の佐藤仁町長と会えた。三月十一日以来、ここに泊まり込んで仕事をしていた。大津波が引いたあと、屋上に残ったのは十人だった。避難を呼びかける放送をしていた遠藤さんや、三浦さんは流されてしまっていた。ずぶ濡れになった町長と職員は雪の降る中、一夜を過ごしたと言う。あたりが少し明るくなった時、一面泥まみれの街が姿をあらわした。「夜が明けるのが、待ち遠しいのが半分と、明けて欲しくないというのが半分でした」。

アルバムの写真を探し洗う、思い出探し隊

町役場、郵便局、学校、市場、一万八千人の暮らしがあった南三陸町は、住宅のおよそ七十パーセントが全壊、死者五百六十五人、行方不明者三百十人、復興は当分先の話だ。町長が力を入れて話をしたのは、流された後に散乱する家族写真の回収だった。命の次に大事なのは家族の思い出だ。自衛隊が入ってきた時、救援隊の最高指揮官である連隊長に頼み込んだ。「自衛隊の任務ではないとは承知していますが遺体捜索時に、写真があれば拾っていただけないでしょうか。町はダンボールの箱をあちこちに置き、毎日、夕方回収して回ります」。

連隊長はやりましょうと引き受けたそうだ。町長は有難かったとしみじみ思っていた。

「思い出探し隊」というグループが活動していた。ベイサイドアリーナ前の広場にテントが張られ、全国から集まったボランティアが写真の泥をとり、洗って干す作業をしている。入学式の写真、幼稚園の遠足、誕生日がペンで書かれた赤ちゃん誕生の写真。佐藤町長が復旧の最初に、写真集めを判断したことに私は深く共感した。家族の思い出は命と同じくらいに大事なのだ。南三陸町が集めた写真は十四万枚にのぼった。

廃校になった学校跡で行われた写真の公開に、避難所からたくさんの被災者が集まった。瓦礫の下敷きになっていた写真が建物一杯に並べられている。結婚式や、成人式、かつての街でお祝事があるたびに撮影していたという写真館の主人の姿があった。写真館は海岸近くにある住宅も

兼ねていた。佐藤信一さん（四十五歳）は、あの時、カメラを持って逃げ、町を見下ろす高い所にある志津川小学校の校庭でシャッターを押し続けたという。彼の仮の住まいまでついていく。膨大な写真がパソコン画面に映し出された。街が完全に水の中に消えるまで撮影している。四千七百枚の惨状の記録は貴重な報道写真として新聞でも紹介された。その新聞を私が見たことも、撮影する現場に南三陸町を選んだ理由のひとつだった。佐藤さんは、廃校跡での修復した写真の公開で、自らが撮った写真を何枚も発見した。しかし、自分の家族の写真を見付けだすことはできなかった。今は被災者ばかり撮影している。
「私の本来の仕事は、皆さんのお祝い事など、人生のひとコマひとコマの喜びを撮影することであって、もう悲しい写真は撮りたくありません。しかし、今の一番苦しい時の写真を残しておこうという思いもあります」

私は被災地に立っていた。ここからさらに北へ一時間半あまりいった所にある岩手県大槌町へ足を伸ばした。吉里吉里《きりきり》という美しい海岸があった。歩くと砂が泣いていたそうだ。しかし、今は津波に叩き割られた防潮堤のコンクリートの固まりが散乱している。その割れ目から浜へ出る。砂に触る。さらさらと風に飛ぶようなものではなく、べったりと砂が敷き詰められ指で押しても貝殻のように固い。青い水平線の手前に「ひょっこりひょうたん島」のモデルとなった蓬莱島がある。作者の井上ひさしさんが生きていたら何を言うだろうか。福島の沿岸にある原発からは放射能が漏れている。井上の代表作のひとつ「吉里吉里人」は、日本から独立しようとする東北人の話だ。北へ向かう常磐線の車中で突然、男たちの一団があらわれて「パスポートを見せろ、東北は独立を宣言した」と言う。地方を置き去りにしていく国への怒りと皮肉がふつふつと感じられる作品だった。

不通になったままの吉里吉里駅からほど近く、浜からは離れている被災した集落で、家の修繕をしている大工らしき男と出会った。向こうから話しかけてきた。私はこの初老の男の話が今も忘れられない。

「知られていないこと、もっと色々なことがあったんだよ。それを広く伝えて欲しいよ。津波が来た時、山へ向かって逃げていた一家がいた。若い奥さんは子どもを抱き、老いた母親の手を引いていた。沖に津波が迫った時、お婆さんは言った。『もう私の手を離しなさい。あなたは逃げて、子どもたちを立派に育てなさい』。嫁は泣く泣く手を離したそうだよ」

母親は行方不明のままだと言う。「可哀そうに」、これ以上は話せないと言いながら、その男は涙を拭いながら去って行った。

天然の無常

私は、自らが生きた時代に、想像を絶する惨禍と現実に出会った。千年前、「方丈記」を書いた鴨長明は、京都で起きた飢饉や、地震を記している。鴨川べりにある下鴨神社の糺《ただす》の森にその四角い家が再現されている。地震の死者は二万人、その時代に生きた人々を描写した。もし、現代に生きて、映像の仕事をしてきた私が今を伝え残すとすれば、何から始めれば良いのだろうか。

「千年という出来事をどうとらえたら良いのでしょうか」

私は京都在住の宗教学者で日本人の根本をみつめてきた知性、山折哲雄先生に電話した。ある雑誌に寄せられた一文に衝撃を受けたからであった。近年アメリカのハリケーン、スマトラの地震と津波、トルコや中国の地震と立て続けに起きた。そこでは人々の激しい嘆きの表明とともに、強奪など治安までもが悪化した。それらに対し、静かな日本の被災地の表情との際立った違いはどこから来るのか。その一文はこう記していた。

「日本人はいわば地震列島人として五千年、一万年のあいだ、地震という不安定な自然の脅威、災害と付き合い続けてきたからではないか。そのような環境に慣れ、そして耐えることを学んできたからではないか。恐ろしい自然との付き合い方を身につけてきたのである。そこから一種の落ち着き、諦めのような覚悟が育まれたのではないだろうか」と。

山折さんは、物理学者の寺田寅彦が昭和十年に書いた「日本人の自然観」という文章が今よみがえると言う。

寺田は、不安定な自然と付き合うなかで日本人は「天然の無常」という独自の感覚を身につけたのだと論じていた。これは、日本人の宗教観、自然観と重なる無常という感覚のことだ。山折さんは言う。「自然が荒れ狂う時は、それにあらがうことを諦め、膝を屈し、そこから自分たちの生活をいかに築いていくか、今日の言葉を使えば、そのための危機管理の思想や感覚を培ってきた。その何千年、何万年もの時間を通してつくりあげられた表情、それがあの穏やかな表情ではないかと思うようになった。涙を浮かべても、あれだけの平静な表情をにじませて被害の状況を語る。私はそこに日本人の奥深い可能性を思わずにはいられなかったのである。困難を切り抜けて生きて行く新しいエネルギーも、そこから湧き出てくる」。

私は感動を持ってこの一文を受け止めた。勇気ある発言でもあった。千年に一度のことだから仕方がないと言っているようにも受け取られ批判されることを覚悟で発言していた。「無常とは難しい言葉で、戦後から今日まで、我が国ではほとんど禁句の扱いを受けてきた。阪神大震災の時も口にされなかった。しかし、今回は災害の規模の巨大さから、言いにくさの壁は取り払われた気がする」と。

避難所で卒業証書を渡した校長先生

被災地で生き抜く人々と出会う日々が一年にわたって続いた。その人々は、皆、懸命に、誠実に、冷静に、事態を受けとめて生きていた。

大津波が来た三月の末から四月にかけて、学校や避難所で行われた卒業式や入学式の映像をテレビで何度も見た。子どもや教師の姿には、学級崩壊とか、教育現場の荒廃、教師の問題など、近年語られてきたこととは違う真実があると察せられた。先生が子どもを守り抜いている。子どもは先生を信頼し心を通わせている。東北では教育が生きているのではないか、それを支える地域の人々がいる。

卒業証書を渡せなかった子ども一人ひとりに会うため小学校の校長が避難所を巡っているというニュースが流れた。被災した子どもが精いっぱい身綺麗な格好で校長先生の前に立つ。学生服をきちんと着ている子もいる。校長は声高らかに、卒業証書を読みあげる。人々が出入りする避難所の玄関脇近く、地域の人々が拍手をする。「生きていて良かったね、頑張れよ」という校長先生の思いが、よくわかる。被災地の現実の中にある人間の輝きと向き合いたい、私は被災地の復活への歩みを長期に記録すると決めた。

五月二十二日、日曜日の朝、沿岸部から遠く離れた宮城県登米《とめ》市のビジネスホテルを取材班と共に出発した。震災からまだ二か月、海岸の瓦礫は生々しく、車は山道を越えて陸前高田に向かった。雨が降り、七万本の松原が消えた瓦礫の荒野は寒々としていた。ぬかるみの道や地盤沈下で海水が三十センチも上がっている道なき道を、道に迷いながら進んだ。車は泥んこになりながら、ようやく広田半島に到着した。海から五百メートル以上はあるだろうか、急坂を上がった高台にある広田小学校は避難所になり、人々の生活の場になっていた。下にある被災した中学校もこの小学校に同居していた。

授業が終わった三時過ぎ、避難所で卒業証書を渡していたあの校長先生と面会ができた。佐々木善仁さん六十歳だ。小柄で、話をしている時は終始伏し目がちで少しずつ話が出てくる。校長は地震があったあの時、校庭に全校生徒を集めた。最初、先生や児童はあんな大津波が来るとは思わず、家がある街を遠く見下ろしていた。学校の下まで津波が来た。流される家、濁流、校長は低学年の児童の担任に、街を背に立たせるように指示し、地獄のような風景を見ないようにした。

「地震直後、津波が来る前に子どもを迎えに来た両親が何人かいました。私が下校を許可したので、下の家の方に帰っていきました。津波が来た後、なんで帰宅を認めたのか後悔しました。翌日から、その子たちの安否を確認するため、先生たちと瓦礫の中を何日も探しました。幸いなことに皆無事でした。子どもたちに一人の犠牲も出すことはなく、本当に良かったです」

佐々木校長は、三月末に定年を迎えようとしていた。津波がくる翌週の金曜日が自身にとって最後の卒業式で、大きな思い出の時を迎えるはずだった。実は、あの児童を必死で守っていたあの時に、高田松原から二キロの街にある自宅を津波が襲っていた。妻と二男を亡くした。私たちがようやくこのことに触れると、「その時は全く家族のことを考える余裕はありませんでした。なんとか生き延びて欲しいとはぼんやり思いましたが、生徒たちを守ることで精いっぱいでした。後悔はしていません。教師ですから……。子どもを守り抜くのが教師の務めですから」。

私は当たり前のように口から出て来る言葉にはっとした。

「校長としての最後の仕事は、新学期に向けて、担任を決めて、新しい校長に引き継ぐことでした。まず、全ての担任を替えずに進級とともに持ち上がることを決めました。生徒の一人ひとりを知っている先生が必要だと思いました。それでも特に留意しなければならないと思った女の先生がいました。津波によって一人になってしまったのです。本当に気の毒でした。子どもはいませんでした。夫とその両親との四人暮しでした。その先生に、辛く、厳しい日々になって大変なので、一年間担任を外そうかと言いました。その先生は『外さないで下さい。子どもたちと切り離されてしまうとだめになってしまいます。担任を外さないで下さい』と言いました」

女の先生は新学期を担任として迎えた。明るい顔で子どもたちに接し、希望を持って生きていくことを教えなければならない。辛い選択だが、でもその先生は子どもたちから元気をもらって生きていくのだろう。

帰り際、校長先生に「よかったら私たちの車に乗りませんか」とスタッフが声をかけた。「私は歩いて帰ります」。佐々木校長は、身軽な青いリュックサックを背負って坂を下って行った。

瓦礫の中の黄色いハンカチ

私たちも、また道なき道を戻らなければならない。海岸線の道路は通行不可能、地元の人々が東浜街道というガタガタ道を行く。スタッフは疲れて眠っている者もいる。雨が降り、すでに暗くなってきた。その時私の目に、窓のはるか向こうに黄色い布が見えた。

私はその頃、八十歳を迎えた山田洋次監督の初めてのテレビドキュメンタリーのプロデューサーをしていた。山田監督には昭和五十二年の第一回日本アカデミー賞を受賞した名作「幸福の黄色いハンカチ」がある。元炭鉱夫の男は不条理な出来事から人を殺す。男が刑期を終えて刑務所を出所し帰宅するところがクライマックスだ。裁判中に離婚した妻に、もし今でも自分を待っていてくれるなら、家の表に黄色いハンカチを掲げてくれと葉書を出していた。男が丘の上の家にはためくたくさんの黄色いハンカチを見付ける。二人は再会しみつめ合って映画は終わる。私はその感動的なラストシーンを瓦礫の向こうに一瞬見た気がしたのだ。

瓦礫の向こうにぼんやり見えた黄色いものは、その「幸福の黄色いハンカチ」かもしれない。しかし、気のせいかもわからない。スタッフも疲れているし、雨も降っている。私が言いだすのを躊躇している間に、車はすでに先を急いでいる。私は、スタッフに「この場所を覚えておいて！」と言った。

一週間後の二十九日、現地を訪れた取材班は、それがまさに映画の「幸福の黄色いハンカチ」と同じものであることを確認する。瓦礫の荒野に黄色いハンカチを翻したのは、家を津波で流された元は大工をしていた人だった。菅野《かんの》啓佑さん七十歳、取材して色々な事実がわかった。その大工さんは、かつて北海道へ仕事で行っていた合間に行った映画館でこの映画を見て感動したそうだ。見渡す限り一面が津波で流された街の無残な風景を見ているとたまらなくなり、ある日大漁旗を立てた。地元の人々は大漁旗を福来旗《ふらい》というそうだ。そこを東京から来て三か月もの間被災地で写真を撮り続けている写真家が通りかかる。その人は石川梵《ぼん》さんといい、あの日、調布の飛行場からセスナに乗って津波に襲われた海岸線をいち早く撮影した。菅野さんは石川さんと話をしているうちに、できれば映画のように黄色いハンカチを掲げたいが、布もないと言ったそうだ。東京に帰った石川さんはすぐに黄色い布を送った。今は、棒を立て、張ったロープにハンカチ十数枚を翻らせた塔が、瓦礫の中で生気を放っている。ひときわ明るい黄色いハンカチは、今は、瓦礫の撤去をする人々の目印にもなっているという。下にはひまわりが咲いていた。

新作映画「東京家族」の撮影を延期した山田洋次監督は被災地の現実を知ろうと各地を訪ねていた。私たちが黄色いハンカチの塔が立っている陸前高田の現地へ案内できたのは、八月二十一日のことだった。震災から五か月、そこには一面夏草が生い茂っていた。何も始まっていない土地に雑草の生命力だけが目立つ。

山田洋次監督の「幸福の黄色いハンカチ」は経済成長が減速し世の中から希望が失われてきた時代に制作した。「未来がはっきり捉えられなくなったという時代の始まりだった。遠い遠い、かすかな希望みたいなもの、黄色いハンカチがあるかなと思ってドキドキしていたら、あった！というのはいいなと、そんな気持ちだった」。

生い茂った夏草とその間から見える、歩きまわる山田さんのロマンスグレーの白髪と長くたらしたマフラーがドキュメンタリーの映像にコントラストを作った。立ち並んでいた町並みは消えて、家のコンクリートの基礎だけが残ってここに暮らしがあった痕跡を伝える。大津波は土地の記憶すら洗い流した。今黄色いハンカチの塔が立つ場所の前を、夏の年中行事、けんか七夕の山車が通った。太鼓が鳴り響き、合図とともに引き手たちが山車と山車をぶつける。今は人影もなく、祭り囃子も途絶えた。

避難所で「幸福の黄色いハンカチ」の上映会が行われた。辛い日々に、無表情で黙々と耐えてきた人々が久しぶりに笑い、涙を流した日となった。

山田さんは瓦礫の中をゆっくり歩いた。遥か向こうに黄色いハンカチが見え菅野さんが待っている。二人は手を握り合った。山田洋次監督の「男はつらいよ」シリーズでは、主人公は世間に背を向けて足の向くまま、気の向くまま旅をする。この旧式の男は久しぶりに故郷の葛飾柴又に帰るたびに騒ぎを起こし、また、旅に出る。

山田監督は八十歳、監督生活五十年目に東日本大震災、原発事故が起きた。

「高度経済成長の矛盾が始まろうとしていた時だったかもしれない。今思うと、ちょうどその頃、福島第一原発が稼働したなんて、考えもしなかったことを、今、迂闊だったと思いますね」

山田洋次監督と広田半島の小学校へ向かう。山田さんは「学校」シリーズを四作品作っている。

夜間中学、障害者、自分探しをする若者、十五年も足を運んだ学校もあった。山田監督が描く「学校」は、競争のためではなく、生きるために学ぶ場だ。

今は、定年退職をした佐々木善仁さんが出迎える。校長室には新任の松村仁《ひとし》さんが待っていた。避難所となった学校は中学生も同居しているので、厳しい環境の中で子どもたちは暮らしているが、教師として大きな発見があったと言う。松村さんは両親を震災で亡くしている。「友達と一緒に過ごすということ自体が子どもにとって喜びなんだなあとすごく感じました。先生方に言いました。授業は始めるが、まず、子どもたちが安心して、元気な声が響きわたるような学校にしてから、今までやってきたことをひとつひとつ積み重ねて行こうと」。

山田さんは言った。「子どもたちの元気な声が響きわたるような学校にしようというのは、今までの学校が忘れていたことじゃないでしょうかね。シーンとした学校はたくさん見てきましたけど、まずは子どもと教師が一緒になって、うあーっと教室も教員室も元気な声が響きわたるような環境が大事なことですよ、それが本当の学校かもしれませんね」。

避難所で卒業証書を読んだ佐々木元校長は映画「学校」の一場面のことを話題にした。教師がホームルームの時間に、「幸せってなんだ」と問いかける。
一人の生徒「お金なんじゃないかな」
教師「ちっともおかしくないよ。いい答えだよ」

やがて、幸せとはそんなことでないと意見が一致してくる。

女生徒「幸福というのは使ったらなくなるような形のあるものじゃないんじゃないかしら」

男の生徒「つまりよ、ああ生きていてよかったなあと、そういうことだよな、だからよ、つまり、幸福ってのはなあ、ほら、わかるだろ」

女「だから、それをわかるために勉強するのじゃないの？」

教師も、生徒からも拍手が起こる。

佐々木さんは若い教師の頃、山田洋次監督作品に出てくる教師たちに憧れた。個性あふれる先生たちが一人ひとりの子どもに接していた。

「映画の中で、ある子がお金だと言ったことから話をふくらませて、生徒たちなりに本当の幸せって何か考えていく。そういうことが、私たちの中でも大事なことなんです。私なんかも若い頃正解をすぐ求めましたが、教員生活を重ねていくうちに子どもたちの様々な思いを言い合い、だんだん真実に近づいていけばいいんだということがわかってきました」

山田さんは夜間中学での取材で聞いた話をした。

「生徒の中にはなかなか発言できない子もいれば無口な年配のおばさんもいる。口を閉じてそういう黙っている人がたまに恐る恐る教師の質問に答えた時には、それが間違った答えでも、違うといってはいけない、先ずはよく答えたなあと、褒めてやらなくてはいけない」と。

山田監督は、被災地を歩きながらどんな映画を作るべきか、脚本を練り直していた。未曾有の大震災は、日本を大きく変えようとしている。これまで第二次世界大戦で敗戦国となった日本を語る時「戦後」という言葉をよく使ったが、「震災後」という言葉が、歴史を表現するために使われるようになるのではないか。違う歴史の歯車が回り始めた中、どんな映画にすべきか。時代のリアリティを求め続ける山田監督に密着しながら、私は自らの番組のあり方について考えた。

「東京家族」は、世界的な名作といわれる小津安二郎の「東京物語」を現代によみがえらせようというものだった。震災後の日本で公開されることになる新作「東京家族」の脚本の中に、変貌する日本を描き続けてきた山田洋次八十歳の思いがこめられたセリフがいくつも生まれていった。私はその目撃者となった。東京で暮らす子どもはあてにせず、瀬戸内の島を死に場所と決め孤独に死ぬことを覚悟した父親のセリフ。今や田舎にも大家族は消え、企業での終身雇用もなくなった。主役の息子はフリーターをしている。映画の前提が小津作品とはまるで変わってしまった。居酒屋で飲み明かそうと再会した竹馬の友に、酒を酌み交しながら父親は言う。

「どっかで間違うてしもうたんじゃ、この国は。のう、沼田君。もうやり直しはきかんかのう」。被災地を歩き続け日本の将来に危機感を抱くようになった山田さんは、このセリフを書かずにはいられなくなったのだろう。

小津の「東京物語」は老夫婦が出世した子どもたちの暮らしを見に行く。山田の「東京家族」では、戦後の影が消えスカイツリーが出来てまた変貌した東京で、現代の親子の関係を描く。旧作では次男は戦死していたが新作では今に生きる若者として描かれる。妻夫木聡が演じる次男は舞台美術の仕事をし、声がかかればでかけるというフリーター同然の毎日だ。それを支える恋人は蒼井優が演じる。小津安二郎は戦後を描き、山田洋次は震災後を描く。うなぎやの場面がある。焼くのに時間がかかる「うな重」が出てくるのを待っている時、親子は間が持たない。息子は舞台美術の仕事がどんな仕事か説明させられる。

父「それで食うていけるんか、お前は」
息子「なんとか食べてますよ」
父「その仕事の見通しは、どねえか。五年先、十年先」
息子「そういうことはあんまり考えたことないんだ」
父「そんなら、行き当たりばったりの生き方なんか」
息子「……五年先のことなんか分からないよ。演劇の世界だって、この国だって」

復興の第一歩が始まった

死んだような街には、どのように血が通い始めるのか、人間はどのようにして立ち上がるのか、その力になるものは何か。漁師たちが海へ出ることはまだなく、復興への動きがなかった。南三陸町の佐藤仁町長にこう聞いた。

「町の人々は、海を恨んでいますか」

町長は言った。

「そんなことはありませんよ。ここの海はきれいでね、湾内で養殖をやっていた。養殖棚が並んでいて、目の前で獲れたものを食べに観光客が来ていた。街が再生するカギも海なんです」

港で瓦礫を黙々と一人片付けている男がいた。星勇さんは、町で十年連続最高の水揚げを誇ってきた漁師だ。津波がくる一週間前に新造船を進水させていた。進水式の映像が残っていた。船一面福来旗が翻っていた。星さんは津波が来た時、子どもの頃から聞いてきた言い伝えを思い出した。「津波が来ることがわかったら船を守るために、舳先を津波に向けてまっすぐ走れ」。港にかけつけ船を出した。船の借金を返すのはこれからだった。三日間海の上で漂流した。津波は黒く渦巻いていた。海での闘いのあと、ようやく帰って来た時見た光景に胸が張り裂けそうになった。たくさんいた船も市場も消えていた。

志津川病院に入院していた母親は亡くなっていた。「覚悟をしてたけど涙が出た。言葉では言い表せない無力感。それからが本当の闘い、毎日が……」。

七月、水ダコ漁が解禁され、取材班が漁船に乗り込む日のことだ。星勇さんが初めて漁に出る日、取材班を二チーム出すことにした。漁が解禁された町の特産物の水ダコは五十センチに達する大きさだという。一台のカメラは船に乗りこむ。鈴木和弥ディレクターと南幸男カメラマンが徹夜で行われる漁を撮影する。もう一台のカメラは港で待機し、帰ってくる船を陸から撮影する。星勇さんは言った。

「採れねえ採れねえって頭抱えて布団かぶって寝てたって、誰も助けてくれねえから、ダメな時ほど攻めてやる。『やる気に勝る鬼はなし』の心で前さ進むしかねえっちゃ」

エサの魚を籠に入れて海底に沈める。深夜十二時、仕掛けた籠を引き上げる。ツブ貝しか入っていない籠が次々に上がって来る。仕掛けた百の籠にタコは十六だった。震災後初めての海、記念すべき水ダコ漁のはずだった。夜明けが来て空が白んできた。星さんは助けられなかった母のことを思い出した。

「天国から見てたらね、勇さ、船出したかと見てもらってね、心残りはあっぺけども、家族のこととか漁協のこととか、辛いけれども一歩踏み出したという報告したいですね」

海には大量の瓦礫が流れこんでいた。大漁とは言えなかった。しかし、星さんは大漁旗を掲げ威勢良く演歌を流して港に向かった。

「一番船には夢を乗せ　三番船にはど根性　中の船には度胸を乗せて　ジャンジャカしぶきをかき分けて　よーいさよいこら　よーいとさっさ　明日へ旅立つ　寿祝い船」（「寿三杯船」作詞星野哲郎／作曲　安藤実親）

星さんの第七松島丸を陸で待ち受けた宮所可奈ディレクターは、今か今かと待ったという。しかし、朝霧で海は見えない。しばらくすると、まず、島津亜矢のパンチのある演歌が聞こえてきた。

次に霧の中から、大漁旗が現れ、最後に白い船体が現れたと言う。いつの間にか岸壁にはまだ漁に出ることをためらっていた漁師たちが集まっている。船上からのカメラは、スピーカーから鳴り響く歌の向こうに、岸壁に並んで手を振る人々を捉えた。久しぶりに大漁旗を見る漁師、市場の人々、岸壁で星さんに「ありがとう」と言って握手をしている。私たちはようやく復興の第一歩を撮影できた。

七月十六日、山田洋次監督の初めてのテレビドキュメンタリーを放送した。震災から四か月、復興という言葉が聞かれるようになっていた。山田さんはタイトルを「復活」と決めた。ＳＬ復元を追うドキュメンタリーの最後で、山田監督自ら画面に登場し語りかけた。

「一昨年の十二月から足掛け三年をかけて僕たちは復元の仕事を見続けました。そして、大宮工場での試運転が終わった段階で東日本大震災並びに原発事故という大変な事態に見舞われた訳です。本線試運転もずいぶん遅れ、今日ようやく高崎本線で水上までの試運転が行われ、今、僕がつくづく思うのは蒸気機関車というのは科学技術の進歩に対して人類が全幅の信頼を抱いていた幸福な時代の象徴であるということです」

山田洋次さんは終戦後、満州から引き揚げてきた。父親は満鉄の技術者だった。ＳＬの設計をしていて、親子で蒸気機関車の話をしたそうだ。私は山田さんが生まれ育った旧満州での撮影に同行したが、その時はまさか、翌年の三月に大震災が起きるなど考えてもいなかった。今もＳＬ

が走っている炭坑の街、調兵山の鉄路で、通り過ぎるＳＬを見送る山田さんの背中を私は見ていた。山田さんはドキュメンタリーをこう締め括った。語りを担当したのはドキュメンタリーの実現を支えた吉永小百合さんだ。

「蒸気機関車はどこか人間の匂いがする機械です。いえ、単なる機械でなく、誇るべき人類の文化遺産なのです。かつて東北本線や常磐線で華々しい活躍をしていたこのＣ６１２０が、東日本大震災を経た今、再び生命を取り戻し、北国を目指して力強く走り出したことに、私たちは特別な思いを抱かずにはいられません」

列車は残雪が残る谷川岳に向かって疾走する。長い汽笛が上越の山々にこだまして、「復活」というタイトルが出て、番組は終わった。

鮭が瓦礫の街の川を遡上してくる

震災から半年が過ぎた月命日の九月十一日、南三陸町で合同慰霊祭が行われた。遺体を確認できないままの人も多数いる。家族の死を受け入れることは難しいことだろう。人々は苦しんでいた。その日は早めに役場へ着いた。佐藤仁町長に挨拶にいくと、これから会場に設営の状況を確認しに行くという。ベイサイドアリーナという広い体育館には椅子が並べられ、祭壇には白菊が一面飾られていた。町長はまだ人のいない会場のまん中の椅子にぽつんと坐ったままだった。近づくとハンカチで涙を拭っていた。「色々な人の顔が思い出されて……」。

式典は黙とうの後、町長の式辞、内閣総理大臣、県知事などの追悼の辞が続く。遺族代表の言葉が捧げられている時、私は会場で配られた式次第をあらためて見た。南三陸町の町民憲章が大きく式次第に印刷されていた。平成二十二年（２０１０）十一月一日制定と書いてある。つまり、津波が来る半年前に制定されていたのである。町民の中から委員を選んで制定委員会を作り、言葉を一つ一つ紡いで出来たという。制定を主導した教育委員長の先生とそれを支えた役場の職員も多数津波で流され亡くなっていた。その前書きに記されている。

「わたしたちは、この素晴らしい街に暮らしながら共に成長してゆくことを願って、ここに、希望の姿をうたいます」。以下が憲章の全文である。

「海のように広い心で　魚のようにいきいき泳ごう　山のように豊かな愛で　繭のようにみんなを包もう　空のように澄んだ瞳で　川のように命をつなごう　大きな自然の手のひらに　抱かれている町　南三陸」

この場所から三十分くらい車で行った所に南三陸町は土地を借りて仮設住宅を作っていた。登《と》米《め》市という。そこに町民憲章制定にかかわったメンバーの一人が身を寄せていた。工藤真弓さんは、三十八歳。四歳の子どもがいる。実は志津川を包むように囲んでいる少し高くなった丘の神社の神主だ。町民憲章に刻まれたものの深さを今、実感しているという。街を飲み込んだ津波は神社の石段を登った鳥居まで迫った。上山《かみのやま》八幡宮は昭和三十五年（1960）に襲来したチリ地震津波で被害を受け今の高台に移転した。元は防災庁舎の所に社務所があり、その北側に、社殿が今ある高台に向かって建っていた。鮭が遡上して来ていた川はすぐそこだ。神社の境内を訪ねるときれいに手が入れられ、神気が伝わって来た。仮設住宅からこの神社に通っている工藤さんは歌人でもある。工藤さんの五行歌集を開いてみる。

「社務所の二階の　暗がりに　袴のまま　寝入る　神さまがひとり
野良猫のクロが　しずけさと　あそぶ　いつもの　境内
ひかりの烏帽子を　かぶってる　私の　ちいさな　大国主さま
左右左《さうさ》と振る　大麻《おおぬさ》に　からみつきなさい　哀しいこと　全部」

十二月、この町の川に鮭がのぼって来る日がきた。街は未だ一面瓦礫のままだが、白サケが捕獲されるのだ。二つの小さな川の流れに、町と漁協が立てた網がある。バチバチと銀鱗がはねる。渦を巻いて動く。震災の四年前に、川に放流したものだという。卵から孵化して稚魚は海で大きくなり、再び帰って来た。雌鮭の腹から卵を採り出している。たくさんの子が入っている。まさに命の再生だ。瓦礫の海を帰って来た鮭は、苦しむ町に貴重な収入をもたらす。町長が言っていた言葉を思い出した。

「海を恨んではいません。再生するのも海にお世話になるのですから……」

ようやく災難の一年の終わりが見えてきた。人々は南三陸町に残るか他の町へ行くか悩んでいる。白サケがのぼって来ても、バス通学になったためその光景をみつめる子どもたちの姿は見られなくなった。私は、川に腰までつかって鮭を獲る人々と一面の瓦礫の荒野を見ながら、千年に一度という出来事のあとに過ぎた一年を初めて振り返った。

大震災、災禍を乗り越える人々の心の記録

ようやくやってきた正月の朝は、南三陸町の初日の出を見る人々を取材していた。見晴らしの良い場所があった。道路脇のガードレールがひん曲がったままだ。海を見えなくしていた林が津波でなぎ倒された一角から、はるか沖まで海が広がる。あの日、防災無線で「津波が来ます。避難して下さい」という声を聞いた阿部壽男さん一家が初日の出を待っている。子どもたちに囲まれ奥さんは幸せそうだった。家族の絆が明日への力を引き出そうとしていた。２０１１年三月十一日の正月は雪まじりの雨が降っていて海は見えなかったそうだ。津波が来た海に真っ赤な太陽が上がって来た。

震災から一年間の私が体験した時間、時代の記録として制作したドキュメンタリーの映像には

震災が数珠つなぎになってからむ。

大震災の年は帝国劇場百年にあたりその記念番組を作った。私が帰宅困難者となった三月十一日の同じ頃、帰宅できなくなった百五十人の観客が劇場内で一夜を明かしていた。その後、帝劇九階で「レ・ミゼラブル」の稽古が始まった。こんな状況の中で芝居をする意味は何なのか、被災地にボランティアに行った方が役に立つのではないか。自問自答しながら稽古を続けていた俳優たちは、ある時、被災地へ向けたメッセージを大きな紙に黒々とした墨で書き始めた。三十人はいただろうか、歌声が沸き起こったのだ。腹の底から声を振り絞っていた。抑圧された民衆が決起する歌だ。この映像に震える感動を覚え記念番組で何としても使用したいと思った。帝劇百年のストーリーとは直接関係はない。番組本編をいったん閉じた後に、稽古場で歌われた「レ・ミゼラブル」の最後に歌われる歌、「民衆の歌」を付けて放送した。

「若者たちの歌が聞こえるか　光を求め高まる歌の声が　（中略）　列に入れよ　我らの味方に　砦の向こうに　憧れの世界　みな聞こえるか　ドラムの響きが　彼ら夢見た　明日がくるよ　列に入れよ　我らの味方に……ああ明日は」

翌年の夏、帝国劇場での松本幸四郎の「ラ・マンチャの男」千二百回のドキュメンタリーも制作した。八月十九日、幸四郎七十歳の誕生日の記念公演で単独の主役によるミュージカル公演の大記録を樹立した。共演する二人の娘、松たか子、松本紀保、上條恒彦らと春から始まった稽古に密着し、片手に歌舞伎の「勧進帳」の弁慶、片手にミュージカル「ラ・マンチャの男」と我が道を生き続けた松本幸四郎の生きざまを描いた。スペインの文豪セルバンテスが書いた小説『ドン・キホーテ』、ミュージカルでは作者セルバンテス自身が主役として描かれている。主人公は夢との間に横たわる現実を狂人となり乗り越えて、夢に生きる。幸四郎は稽古が中盤を迎えた時、食事会で出演者たちに言った。

「俳優としての務めは、人に感動や勇気を与えることです。悲しみを悲しみのままでなく、苦しみを苦しみのままで終わらせず、悲しみを希望に、苦しみを勇気に変えることが出来るのが俳優です。皆さんご一緒に頑張りましょう」

演劇界最高のトニー賞を受賞した名作ミュージカル「ラ・マンチャの男」にこんなセリフがある。

「人生を素直に生きた人間が、皆このようにみじめに死んでいってしまう。人生自体が気狂いじみているとしたら、一体本当の狂気とは何だ、本当の狂気とは。夢に溺れてしまって現実を見ないものも狂気かもしれぬ。だが、一番憎むべき狂気とはあるがままの人生にただ折り合いをつけてしまって、あるべき姿の為に戦わないことだ」

千二百回への道を描くドキュメンタリーを震災で心が傷ついた全国の人々に届けた。最後はキホーテの臨終の場だ。「見果てぬ夢」が松本幸四郎以下出演者全員によって歌われる。

「夢は稔りがたく　敵は数多くなりとも　胸に悲しみを秘めて　我は勇みていかん　我は歩み続けん　たとえ足は萎えても　瞳高く凝《こ》らして　遥か遠き空へ」

このミュージカルは、震災によって新たな命を吹き込まれメッセージを獲得していた。観客は総立ちとなり、涙を拭った。私も久しぶりに泣いた。笑ったり、泣いたり、人間は希望を求めて生き続けている。

紅しだれ桜

お盆が過ぎた頃、福島県三春町の特別天然記念物の桜の苗木を育て、全国に届けている人がいることを知った。樹齢千年以上といわれる桜は、実は、一本の木ではなく数本が長い歳月の中で幹周りが九・五メートル、高さ十メートルの巨樹になっていったと言う。紅色の花を散らした長い枝は、高い梢から地上寸前まで達する。滝桜と言う。

農場を営む柳沼吉一さんから、五年生のすでに高さが二メートルに育った苗木が三本送られてきた。桜色の紙が添えられ、植え方や支柱の立て方、肥料のやり方が指示されていた。「早く花を見るためには肥料をできるだけ少なくやること。ちょうど良い高さに枝が延びましたら、支柱を外します。上から枝がたれて見事な枝垂《しだれ》桜となります」。私は、胸が躍る思いがして、開花する日を待ちたいと思った。その後、三本のうち二本は枯れた。土の底の石に根がぶつかり、周りの木に栄養分を持って行かれたのだろうと植木職人は説明したそうだ。しかし、残る一本はたくましく育ち、太い幹からたくさんの枝垂れた枝を伸ばす。青々とした葉、巨樹となって私がこの世を去った後もこの土地に立ち続ける希望が出てきている。

私は今、平成三十年まで六年かかる仕事にとりかかった。奈良の薬師寺からドキュメンタリーの制作を依頼された。続けられてきた白鳳伽藍の復興は最終段階に入った。食堂《じきどう》が完成されると、七百六十万人の写経によって偉業が達成される。大きな建築としては最後の建物となる食堂は間口が四十メートルもあり、壁面は全体で百メートルにもなる。そこに田渕俊夫画伯が、阿弥陀三尊、藤原京、平城京などの絵を描く。私は、その映像記録を作る。近年の田渕画伯の画業を私は注目してきた。京都の智積院に納められた障壁絵画には考えさせられた。紅しだれ桜を描くのに、水墨画を選択していた。私は田渕さんのこれまでのどんな絵よりも色を感じたのである。だから、ご縁ですからと薬師寺の山田法胤管主からお話があった時は、即座にこちらこそお願いしますとお答えした。

平成三十年、のびやかでおおらかな白鳳時代の伽藍復興が完成し、次の千年を生きる姿があらわれる。新しい食堂の天井には写経を納める蔵が作られる。東日本大震災の被災者と全国の供養を願う人々二万人の写経が、この時代に生きた証として保存される。境内に花が咲き誇る頃、伽藍復興が達成される。その時、私は、解体修理によって千三百年前の姿がよみがえった東塔をまぶしく見上げるだろう。

私も千年のひとこまを生きる、うたかた、である。

第七章　神の気配を、感じる

南都の悲願、古儀復興

仏は見た気がしていたが、神は見ていなかった。お寺を巡ると仏像が目に見える姿としてあるが、神社には鳥居を通って、参拝所の鈴と賽銭箱で行き止まりだ。神様が鎮座している本殿の奥は見えない。二十代から通った大和古寺巡礼の旅、私はやがてＮＨＫのドキュメンタリーを作る立場になった。そして、寺の奥まで取材できる機会が出来たので仏は仏像を通して少しわかるような気がしてきたが、神は見えないままだ。寺で用事を済ませ、ふと春日大社の参道を歩きたくなり、一の鳥居から本殿前までを歩く。大木に鬱蒼と囲まれた石灯籠の道を辿り、朱色の柱が立ち並ぶ本殿を遠くに一瞥しただけでまた引き返す。この繰り返しだった。

「薬師寺国宝展」の放送が終わってしばらくしたのち、お世話になった薬師寺の大谷徹奘《てつじょう》執事にご挨拶をした。「もうこれで、奈良を題材に番組を作ることはないような気がします」。

法隆寺や東大寺、興福寺など南都六大寺はその時々に、テレビ番組で取り上げられていた。しかしそれは、文化財としての視点であり、社会派といわれる現代を描くドキュメンタリーの道を歩いてきた私に独自の切り口があるとは思えなかった。大谷さんの顔を見ながら、「まだ私のテーマが残っているとしたら春日大社かもしれません。あそこは何回行ってもわからないので……」。大谷さんは、「私が春日さんに案内します。尊敬に値する人物がいらっしゃるのでご紹介します。お二人が出会ったら、神様を描く良い番組がきっと出来ますよ」。

私は「お願いします」と言った。

畏れ多いことになった。この瞬間から現在まで、神様のいる場所を歩くようになった。日本人として生まれた心の中には、仏と共に神がいる。私は両目が開かれたようにこの時から、日本の山河に視野が広がるようになっていく。

春日大社に岡本彰夫さんという権宮司がいた。公家の出である宮司を支え、神社の運営の要である。大和の文化に精通し、私の相談の窓口となって、導いていく方となった。神社から今は消えてしまった儀式を古文書につぶさにあたりながら復興している神職でありかつ学者だ。古儀の復興を天職として取り組んでいる。

「南都の悲願」という言葉を聞いた。「神や仏の礼に対して最高の礼を尽くした時代に戻ろうということです。そういう意味で古儀の復興が大事です。儀式の中には必ずメッセージがあるんです。それを知ろうとすれば、儀式を元の姿に戻さないとわからない」。

明治維新以降、日本は国体を変え西欧の姿を学ぶ国となった。外国での視察に及んだ明治の元勲たちの目には、欧州はイエスを頭に良くまとまっているように思えたのだろう。日本を、天皇を頂点にして統治する国に変えた。天皇が神の存在となる。神仏分離令が出て、日本人の心に共にあった神と仏を引き裂いて神だけを取り出し仏を排斥した。寺は追いやられ、仏像は廃仏毀釈の嵐の中で打ち壊された。膨大な仏像が海外に流失した。奈良の中心にあった春日大社は興福寺と一体となって広大な信仰の空間を作っていた。興福寺の僧侶は職を失い、春日の神主となった。この時、神社は国家の統治機構に組み込まれ、神様のことを役人が任命し派遣した人が行うようになった。春日では高い地位にある二軒の社家だけが残され、百人以上いた社人が数名になった。お供えの組み方など儀式の細かいところがわからなくなった。祭事の式次第、作法、神様のお食事である神饌、他、連綿と続く歴史の記憶が消されてしまったのだ。

今の春日大社には、一年におよそ千有余度の祭事が営まれていると聞いた。神事で一番大きなものは二十年に一度の式年造替《しきねんぞうたい》で、屋根をふき替え、御殿の修理をし、神様の調度を新調する。この時、密記《みっき》がおさめられた箱が開けられ、古来のありかたを確認する。岡本権宮司は密記を見ている。「宮司と権宮司だけが許されてその封印を切って拝見するんです。一か月間、家で精進潔斎したあと、一週間神社にこもる。外界との接触を一切断つ。屛風を立てまして中に入って覆面と手袋をつけて拝見する。筆記できない、わからないところは覚えて、箱に戻す。一切口外できません。ある時、古儀を復興する時につぶさに拝見しましたら、鎌倉の初期にやっていたことと、幕末にやっていたことが全く一緒なんです。普通、儀式というものは変わるんです。しかし、春日では人間の都合のいいように変えていない。背筋が凍りつくほど驚いたことがありました」。

神の気配を感じた時

神社で最高の地位にある宮司様は、就任してまもなくの方だった。宮司には長い歴史の中で天皇の傍にあった家柄の末裔が継ぐ。花山院弘匡《かさんのいんひろただ》宮司のご先祖は京都の高位の公家だ。この前までは奈良の高校の地理の先生だった。春日の中世の記録によれば、ご先祖が天皇の使いである勅使として京都から春日に何度も参向しているそうだ。森の中には禰宜たちが春日社へ通った三本の古道が残っている。

花山院宮司は二ノ鳥居に通じる「中の禰宜道」でこう話した。

「私の父も春日の宮司を二十二年やっています。雨の日も風の日もここを歩いて神様にご奉仕したわけですけれども、今、私は、父や先祖が歩いた時間の流れの中にいると強く思います」

最近、天皇の参詣があって、ご案内の大役を務めた。宮司には宮司の間だけで伝えられてきた秘儀の作法と祈りの所作があると言う。他の神官の誰にも教えられない、神の御扉《みとびら》の前に立つのは宮司だけだ。儀式が進行すると神の前で宮司が所作をする。いったい何をしているのか、おん祭りの暗い夜の闇の中、すぐ後に控える岡本権宮司にもうかがえないという。

余談だがこの花山院宮司と私の出会いも不思議だった。その御先祖は、私が幼い頃から正月の初詣に行く神社のご祭神の一人だったのだ。佐賀県鹿島市の祐徳稲荷神社は京都の清水寺のような佇まいをしている大きな社だ。崖の中腹に立ち、人々は地上から支えられた柱の上にある朱の社殿を見上げる。その昔、九州の有明海に面した一地方を取り仕切る鍋島家に京都のお公家さんのお姫さまが嫁いできた。その時に屋敷の庭に祀ってあったお稲荷さんを伴ってきて日々祈った。その小さな祈りは人々に知られるようになり、大きくなって今の神社に発展した。春と秋、今もその公家から嫁いできたご先祖のお祭りが執り行われている。ありがたい出会いに驚くばかりだった。

その日は、いつだったか、私が神の気配を感じた時のことだ。何回かの訪問を重ねた折の岡本権宮司との会話の中で、岡本さんは言った。「神様は見えないご存在です。いや見てはならないものです。それを映像化するのは不可能です。ただ、神の『気配』というものはあります。映像化できるか、それは川良さん次第です。どうでしょうか。神社の日々の祈りをご自分の目でご覧になりませんか。見学ではありません。潔斎をして、共に祈っていただくという形で……」。こうして、私は半年の間、春日大社へ通うこととなった。

秋には入山が禁止されている神体山である御蓋山《みかさやま》へ、御間道《おあいみち》の遥拝所より山の方へ参進し、道なき道の藪を掻き分ける。どんより曇った日だった。宮司以下の男の神職が五人、緋袴の巫女が二人、その他、浮雲峰《うきぐものみね》といわれる頂きをめざす。私も一行の最後尾を行く。この浮雲峰といわれる山頂で人知れず行われてきた神事を目にした。

標高は二百九十八メートル、麓から見ると美しい三角形のすり鉢のようなこの山に、神が降臨したという。「高座《たかくら》の……」が御蓋山の枕詞で、高貴な人が坐す高い壇にさしかかる天蓋《てんがい》をあらわす。平成二十年十一月九日午前十時、本宮神社例祭が執行された。春日大社年表には「神護景雲二年（768）、春日明神御蓋山に垂迹」と記されている。祝詞が奏上される。「大君の御蓋山のまたの名は浮雲峯の頂きに鎮まりまつる……」。そして、巫女の舞があった。「千代まできみをいのればみかさやま　みねにもおなじ　こえきこゆなり」。この時、巫女の袖の向こうから太陽が照らし始め、私は不思議な面持ちで空を見上げた。本宮は平城京を下に見下ろしていた。

私はこの半年の間、社家町の一角にある春日大社の宿所に寝泊まりした。社家とは神に奉仕する身分の高い家筋で、中臣・大中臣の二流があり、その下に連なる多くの禰宜たちも暮らしている。私の宿所は宮司の住まいにもなっていた家で、玄関に注連縄が張ってある昔ながらの一軒家、方角の良い、気が良いところにあると聞いた。

ここで、手にいれた資料をその日のうちに目を通す。頭が真っ白な明け方に読み、内容を体に入れる。そして、朝風呂に入って食事をいただく。神社へは志賀直哉の旧居脇から「ささやきの径」と今はいわれる原生林の中の古道を歩いて通った。こうした生活は、ただの神社のご好意ではないことを段々わかってきた。ほっておくと私はそこらの食堂で酒を口にし、コンビニで買い物をするかもしれない。穢れを神社に持ち込ませず、潔斎して神の前に立たせる。こうしたことのひとつひとつのご配慮によって、私は神の存在が感じられる体になっていった。

春日大社本殿の四座に神は祀られている。第一殿は遠く関東から御蓋山に降り立った神、第四殿だけが姫神で、その御子が若宮である。日々の祭祀は、常に四殿同時に行われ、続いて全く同じ祭祀が若宮で行われる。神社で一番大きな拝殿の前には樹齢千年といわれる大杉があり、正門である南門を出た先にある若宮には、巨大な樟《くす》の木がある。裏側に回ると巨石を根が囲い込み、木が石と化している。元々こうしたひんやりした風が流れて神気を感じる所に社殿を建てたのではないかと私は思った。社殿があってそこに木を植えたわけではないのだ。南門と若宮との間の石灯籠が林立する御間道。本来、神社の祭りは夜行われた。石灯籠は、人々の足元を照らした。

神のみじろぎ

秋が深まる一日、御蓋山の峯入りの神事に同行した。山全体を踏破しあちこちにある小さな社に巡拝する。古代、人々は水が出るところに石を置いて祈り、やがて小さな社が作られる。私の背丈ほどもない山中の末社の屋根に落ち葉が降りかかっている。神職が掃き清め、祝詞を奏上する。私も神拝詞を手にぎこちなく祝詞を唱えた。

春日山との分水嶺に鎮まる鳴雷《なるいかづち》神社では、太古の昔からにいなめ祭が行われている。雨不足の時に祈祷が行われる竜王池、東の山腹にある神野《こうの》神社には谷川が流れ、鶯の滝を経て奈良をうるおす佐保川となる。転々と山中の社を巡ると、紅葉で染め上げられた森にあった原初の信仰が思われ心が洗われる。踏みしめる草の下に瓦の瓦礫が埋まっている。古代の人々はこの山に神がいると感じたのだ。時を経て人々は少し下った中腹に社殿を作り、一堂に会して祈りを捧げるようになった。春日社はそこから連綿と発展してきた。山に向かって祈りを捧げ、神に祝詞を奏上する。お祭りは人に見せる観光行事のようなものだと思っていた無知な私は、千二百有余年、人知れず続けられた無数の祈りの存在を知るようになった。

私が神の存在をはっきりと感じることになる日の夕方、南門が閉じられ本殿側にぽつんと座っていた。大杉が屋根を突き抜けている直会《なおらい》殿の土間から身をひそめるようにして暗くなった闇を見つめていた。白砂の庭は色を失い、庭燎《ていりょう》が焚かれている。小さな庭火があたりを清め、照らす。これから神を迎える神楽が行われる。じっと目を凝らすと向こうの回廊の背後を黒い森が取り囲んでいる。鳥の鳴き声は聞こえたかもしれないが覚えていない。鹿の鳴き声がはっきり聞こえる。御神楽《みかぐら》は、宮中の賢所《かしこどころ》で奏されてきたが、折々春日の社にも差し遣わされた。

春日の木々が枯れたり、社殿の鏡が落下するという異変が起きると、それは神が人の所業を嘆かれて天に帰られる予兆だとされ七夜にわたって神楽を舞って神に許しを乞うた。

神のいない世は悲惨なことが人々に降りかかる。記録によると史上十三度山木枯槁《さんぼくここう》があり臨時の御神楽が行われている。最初は文暦二年（１２３５）春日山の連峰で二千四百十八本の木が枯れた。天和二年（１６８２）には一万二千三百余本は枯れたとある。御神楽は神を招き、人の真心をご覧いただくという秘められた儀式で、宮中では、天皇は御神楽が終わる早暁まで待機し、無事に終わったことを確かめてから眠りにつくそうだ。

私が目にしようとしているのは山木枯槁の臨時の御神楽そのものではなく、恒例の天下泰平の祈りを捧げる御神楽だという。神職たちが笏拍子《しゃく》と笛を持ってあらわれた。本殿に向かって左側に本方《もとかた》という歌の独唱と合唱者、笛と和琴の奏者が坐した。右側に末方《すえかた》という歌い手たち、篳篥《ひちりき》が向かい合って座った。正面末座に神楽人の長、人長《にんちょう》が坐す。笏拍子を打ち大曲「庭火」の曲が始まった。ゆらゆらと連続的に揺れ続ける篳篥の響き、力を抑え、いかにも静かに奏することは超絶技巧を要する。神を迎えられた喜びを歌う曲に進むと、響きがひとつにからまる。太古から連綿と続く音韻が、大地をはって迫ってくる錯覚に陥る。宵の明星がまたたき始める頃に奏する曲もある。神をお連れした馬に託して神に別れを惜しむ曲は「其駒《そのこま》」だ。御神楽の節目に、人長が舞った。人長は白い練絹の帛袍《はくのほう》を着て、黒塗りの太刀を持つ。手には白い布を巻いた輪を付した榊を持つ、神器の鏡をあらわしたものだ。手に持つ榊を高く上げ、背をそらして、足を伸ばす所作、ゆったりとした舞が繰り返される。
私はいつしか、人長が持つ榊だけを見るようになっていく。神が依りつくという榊が、だんだん大きく見えてくる。鹿がまた鳴いた。時として感じる闇の向こうにある気配に、神のみじろぎを感じた。

神を追う私の目は、広大な広がりをとらえてきた。奈良の都からはるかに遠く、東国の茨城県の太平洋に面した海岸線を行く。夜明け、白波の向こうに真っ赤な太陽があがる。春日大社四座の神の中で、第一殿の武甕槌神《たけみかずちのかみ》は鹿島神宮から平城京へ旅立ったという。ここから潮来の水郷を挟む形で香取神宮がある。第二殿の経津主神《ふつぬしのかみ》は、ここから勧請された。鹿島、香取の神は、古事記が伝える神話に出てくる武勇の神だ。出雲の大国主命《おおくにぬしのみこと》に国譲りを迫った神で、東国の守りをしていた。未だ不安定な奈良の都の礎を強固にしようと招かれたのだろうか。鹿島神宮を見終わる頃、一之鳥居をまだ見ていないことに気付く。それはなんと境内から二キロも離れたところに立っていた。天照大御神《あまてらすおおみかみ》が天石窟《あまのいわや》に隠れた時に、常世《とこよ》の長鳴鳥を止まり木にとまらせて、鳴かせたことがあったそうだが、その止まり木がこの鳥居になったという。北浦湖畔の大船津に立っていた鳥居の向こうに太平洋に連なる水が広がる。この鳥居を額縁にして水平線の真っ赤な太陽を拝む古代の人々が想像された。晴れの門出に使われる鹿島立《かしまだち》という言葉は広辞苑に「天孫降臨に先立ち、鹿島・香取の神が葦原中つ国を平定した吉例に基づくとも、また、辺境の軍旅に赴く武人・防人が鹿島神宮の神に途上の安全を祈ったことに基づく」と記されている。今は死語同然となった言葉は、鹿島の神の奈良への旅立ちをも表している。

鹿島立

春日大社に「鹿島立神影図」がある。鹿の上に榊が立っている。旅をする神の姿だ。二人の男が随行している。時風《ときかぜ》、秀行《ひでつら》と名前も伝わっている。古社記という鎌倉初期に書かれた「時風置文《ときかぜおきぶみ》」に、神が大和国春日の地に鎮座するまでの道行きが書かれている。今もこの時風の末裔という神職が春日大社にいる。辰市千鳥家は、春日大社の社家町・高畑の雰囲気のある場所にあり、庭に小さな社がある。代々の先祖が今日に至るまで連綿と春日の神に仕えているのだ。神に伴をする旅の一行は山を越え、川を越えて、人間の旅のようにして御蓋山に降臨した。神様の旅の跡があるという。花山院宮司はこう語った。「神様は積田《せきた》神社というところでご休憩された。白い鹿に乗って来られ、柿の枝で作られた鞭を使って旅をすすめてきて、ご休憩時にその鞭をぱっと投げられた。そこに、柿の木が生えたという伝承がございます」。たしかに、神の御跡《みあと》があるという。私は岡本権宮司のご案内で、三重県の名張へ行った。

夏見郷という場所にある積田神社の紅葉は美しい。銀杏、檜、欅、槇、楠などの古木が森を作っている。神はこの前を流れる供奉《ぐぶ》川の一ノ瀬で沐浴したと「時風置文」は記しているそうだ。川の傍に池がある。鏡池と言い、休憩した神の姿が写ったという。そこから神社に参拝し、本殿裏に出てさらに奥に進むと、藪の中に注連縄で区切られた大きな空間があった。神柿《かみがき》といわれる木は空に伸びるようだった。背が低いいつも見る柿の木ではない。杉のように細く高く伸びている。上の方に実がなっている。このしなやかな細い枝が、鹿の鞭に使われていたというのだ。

また、別の日に柳生の里をたずねた。奈良を訪ねる人は多いがこんな山里まで足を延ばす人はほとんどいないのではないか。柳生から毎日春日大社に通っている職員がいて、岡本権宮司と彼の運転する車で春日山を越える。地元の人々は春日山の平城京側を国中《くんなか》と言い、山《さん》の向こうは山中《ちゅう》というそうだ。猛スピードで車は県道を左に回る。こんなところは地元の人しか行けない。車がどんどん進み、やがて降りて山に入る。十分も歩くと巨大な岩石があらわれた。人間が小さく見える。三十畳ほどの切ったような大岩が荒々しく並んでいる。注連縄が張られている。この場所を天之石立《あまのいわたて》神社という。近隣の人々が綺麗に掃除し、不浄のないよう堅く戒めて、拝んでいるという。古代の原初の信仰の形がここにあった。

私がめざす神の旅のあとは、さらに違う山筋にあった。大柳生《やぎゅう》町の夜支布山口神社だ。人影のない境内に突然春日造りの社があらわれた。崖の大きな岩を背に鎮座していた。春日大社の式年造替で役割を終えた社が下げ渡されてここに来ていたのだ。近くの長尾神社にも美しい社が春日から下げ渡され、社の屋根が幾重にも並んで壮観であった。一年に一度、村の人々が集まる祭りで使うという古びた舞殿がたたずんでいた。夜支布山口神社の石段下の道に鹿の足跡が残ったという石があった。ひと抱えもない小さな石に鹿の爪痕を思わせる凸凹が、たしかにある。あまりにも道端に無造作においてあったが、恐ろしいのだろう。誰も持ち去ることはなかった。足跡の穴に紅葉が散っていた。さらにここから車で一時間もかかったかどうか、神が旅をして来た方向にある神野山《こうのやま》に足を延ばしその頂上に立った。はるか彼方まで幾重にも碧い峰が重なる。甲賀、鈴鹿の連山、そのずっと先の先に、あの水辺に立っていた鹿島神宮の一之鳥居があるのだ。

神が動く

こうして、半年間の春日大社での見聞で、神の気配を映像化したいという思いが強くなった。しかし、どう考えても、夜間に行われる御神楽や、若宮おん祭での深夜の神事を記録できなければ意味がない。その他のことはこれまでもテレビで取り上げられている。神の気配を記録したいと、撮影監督を頼もうと思っているベテランの斎藤秀夫カメラマンに相談すると、「あたりまえのことですがカメラは光がないと映りません。だがひとつ方法がある。NHKが開発した世界に八台しかない超高感度カメラを使うと闇の中のものを撮影できます」ということだった。

私は「越中おわら風の盆」の撮影を思い出した。あの時も照明が一切使用禁止だった。暗闇の中を影のように動く踊り手の動きが祭りの命だとテスト撮影を行った。そこで高感度カメラを使う。映っているが、時折、観客がフラッシュを焚いて写真を撮る。その瞬間、映像が真っ白になりアウトである。次に高感度カメラでなく、最新のハイビジョンカメラで照明なしでテスト撮影する。感度は標準のカメラだ。当時ハイビジョンカメラは照明を大量に使わないと良く映らないといわれていた。踊りの稽古を照明なしでテストした。暗いが踊り手が見える。暗闇が映っている。「同じ黒でもハイビジョンの黒は美しく深い」とテストに立ち会った皆で感心した。その時の経験を思い出した。神事は暗いところで行われる一方、松明など火も使う。私は場面に応じてその後開発された超高感度カメラとハイビジョンカメラを併用することに決めた。超高感度カメラは、人間の目と同等の感度を有する。木立の暗闇から神の行列を見守る鹿の目が映る可能性さえある。一切照明を使用しない形で夜の神事を撮影させていただきたい、と花山院宮司に恐る恐る願い出た。

いくつか難しい条件がついた。カメラを神様の方向に向けてはならない。おん祭は深夜に神様が御旅所へ向かう。その行列では、「御《ぎょ》」という神様の周辺が見えないように榊を持って人々が周囲を取り囲む。その後に雅楽を奏する集団が続く。撮影は、その後から行い、そこから前へ出てはならない。さらに御神楽は宮中祭祀につながるもので、その一部とはいえ公開は千有余年の春日大社の歴史の中で初めての出来事である。この映像だけは一回限り、再放送をする場合は削除して放送しなければならない。撮影した映像は保存せず、消去すること。神社では毎日のことを連綿と社務日誌に記して後世に残しているが、おそらく、千有余年の歴史の中でのこの異例の撮影許可も記されたに違いない。

神の存在を遠く感じるようになっている時代に、伝える意味があるのではないかという宮司の英断が下された。私から特に神社側にお伝えしたのは、映像が鮮明に映る必要はなく、与えられた条件の中で番組は成立するということであった。なぜなら、音はあますことなく録音出来るからである。参道を行く神は奏楽とともに御旅所へ下って行く。音は神様と私たちをつなぐものと考えられている。カメラは直接神様の方向に向けてはいけないという条件が付いているが、暗闇の中の参道や灯籠、その間から行列を見る鹿、鬱蒼とした木立の下の移動、その上に広がる夜空、そうした映像を編集して音に乗せれば番組は成立します、そうご説明した。


こうしてNHKで企画が採択されるところまで来た。神の気配を伝えるためには、短く映像を編集することはできない。アナウンサーの説明も邪魔だ。効果をあげるための音楽も排除した。最低限の説明は字幕で行う。理屈でわからせるのでなく、感じる番組として構築したい。結局、二時間半という枠を作り、BSで長時間ドキュメンタリーが放送されることになった。やはり一連の撮影のクライマックスは、おん祭での神が動く瞬間だった。

斎藤カメラマンに加えて、早川昇、藤江潔、合計三チームが撮影に挑む。平成二十一年（2009）、十二月十七日、神様が動くという日を迎えた。おん祭はこの日までにすでに幾つもの祭りが進行され、一之鳥居に近い参道入り口付近に神様の仮の宿が作られていた。

御旅所にできた神様の仮の宿

神は十七日零時に若宮を出て参道を一キロあまり下った御旅所に鎮座し、人々が披露する芸能を楽しみ、再び、参道を登り、零時までに若宮に戻る。深夜に始まり、深夜に終わる祭りだ。御旅所の御仮殿は松の葉で屋根が葺かれ、柱は赤松の丸太、壁に白いウロコの紋が六十六、周りは松の木の枝と葉で覆われている。その前に芝草の土壇が作られ、ここで神事が行われる。夜十二時を過ぎると、若宮の大樟の下に南都楽所《がくそ》の人々が楽人の装束を着て現れた。真っ暗で、人の姿が影絵のように動く。若宮の背後の竹柏《なぎ》の原生林は鎮まり返っている。松柏は平安時代に人々が信仰のために植えた。土地の記憶が迫ってくる。神の出御を待つ若宮の神殿は幕で覆い隠されている。神は見てはいけないのだ。藤原氏の氏神となった春日は、壮麗さを増していった。その一方で、第三殿の神と、第四殿の姫神との間にお子神が生まれたとし、若宮は本殿とは独立して鎮座した。若宮の出現は長保五年（1003）、それから百余年を経て御殿が造られ、その翌年の保延二年（1136）から、おん祭が始まる。

ここは御蓋山の頂上と一本の線に結ばれる位置にある。地主の神と人々が遊ぶ祭りは年々盛大となっていったが、その起源となった年は洪水が起こり、飢饉や疫病によって人々がバタバタと死んでいった時であった。おん祭は宮廷風の他の春日の祭とは正反対のひなびて人間の魂が表に出てくる冬の祭りだ。十時半、神事に奉仕する人々が潔斎をしてきた参籠所のいくつもの館を、夜目に真っ白な装束の神職が灯籠を手に巡り始める。

「初度《しょど》の案内申す」。人々の集合を促す。神様には、若宮前の楽人たちが乱笛《らんじょう》を奏してお伝えする。十一時の二度目の案内は装束をつけなさい。そして、十一時半は、若宮に集まりなさいということだったが、古儀の復興によって本来の姿に戻された。初度は乱笛は鳴らさない。二度は若宮に集まりなさい、この時から乱笛を鳴らすようになった。こういう細かいところを正しくしていかないと本当の姿は見えてこないという。十一時半の三度目の案内でお迎えの者が拝殿に到着する。

午前零時、大音声をかけたのは、鹿島から神と同行してきた時風の流れをくむ千鳥家の末裔だ。「拝殿の御格子《みこうし》あげられい〜」、蔀戸《しとみど》を上げ、朝ですよとお知らせする。闇の中に戸を叩く音がドンドンと聞こえる。現場では何も見えなく音だけが聞こえたが、超高感度カメラの映像が三面の戸が上がるのを捉えていた。拝殿の神事は全く見えない。宮司がどんな作法と所作で祈っているのか、すぐ後ろにいる権宮司もうかがえないという。祝詞を読む声もない。秘文の祝詞といって、声を出さない。しばらくして、提灯が動き出した。覆面をした神職の体も動く。笛と鉦が奏される。出御である。御間道を進む時、榊の枝を持って十重二十重に「御」を囲む神職たちの姿がわかった。ヲーと絞りだすような声を唱えているのが聞こえた。警蹕《けいひつ》は神を恐れよという声だ。四メートルもある大松明の御火が横に倒され、道の左右をひきずられる。火が線となって参道の輪郭を浮き上がらせる。香が焚かれその薫りが立ちこめる。清められた参道は神の道となった。御に楽人の集団が続く。参道を下る遷幸之儀《せんこうのぎ》では、慶雲楽《きょううんらく》、若宮に戻る還幸之儀では還城楽《げんじょうらく》が奏される。

私は取材班と共に楽人たちの後を歩いた。音は上に舞い上がり、天に向かっている。音が人と神を繋いでいる。私はやがて歩きながら空を見上げた。冷気の向こうに参道の木と木の間の空が見えた。闇夜ではない。灯籠が立ち並ぶ鹿道《ろくどう》の辻という曲がり道を通ると、手を合わせている人々の存在を知った。目に、すぐ前を行く神職の冠の向こうに光の道が見えた。この心地良さは何だろうか。私は、自分が育まれた時間の中にいる。過疎化していったふるさとを思う。秋の祭りには毎年行列に参加した。いや日本中の人々が、祭りを欠かさないのだ。そういう感慨にふける自らに気が付いた時、「御」の列が止まった。御旅所に着いたらしい。大松明が走る。芝草の庭を清める。御が御仮殿に入る。大きな瓜灯籠《うりどうろう》が灯された。神がここに鎮まる印である。

杜に静寂が戻って

十七日昼十二時、お渡り式から始まる。社参する人々の華やかな風流の行列全体が重要無形民俗文化財に指定されている。私は、神が再び動く夜が待ち遠しかった。三時半くらいから始まった神遊は、神楽、田楽、細男《せいのお》、猿楽など、延々と続き、篝火が焚かれた芝草の庭は、とっぷりと暮れた夜空の下で、舞が続く。十時くらいを過ぎると、舞楽となり、古代朝鮮や中国大陸から伝わった舞が五番、十曲続く。赤や緑の装束、舞人は恐ろしく威厳のある面をつけている。豪快で勇壮、外国の侵入を防ぎながら文化を取り入れ、国づくりをしていった時代が偲ばれる。鼉太鼓《だだいこ》の強烈な音が、舞のリズムを刻む。神が山へ戻る時が一刻、一刻、刻まれている。十一時近く、芸能が全て終わり、神事が始まる。御仮殿の神饌を芝草にずらっと並んだ神職が手渡しで下げて行く。提灯が外され、すべての灯火がいっせいに消された。辺りは真っ暗な闇に支配された。

ヲーっという声が巻き起こり、榊に囲まれた「御」が移動する。神が山へ戻り始めた。還幸之儀である。道楽《みちがく》は、還城楽、参道は再び、火で清められ、私も列の中にいた。慣れてきたのか木立の上の空が良く見える。道楽が誰もいなくなった参道に響き渡り、木の枝が震えているかのようだ。その昔、京都の栂《とが》ノ尾の高山寺の明恵上人が春日社に詣でて、天竺への渡海の志を述べ暇乞いをしたところ、春日明神こそが聖地であると引き止めた故事が、春日権現験記絵に記されている。世阿弥作の能「春日龍神」では、上人が渡天を思いとどまると、「それならば、この御蓋山に五天竺を移して、釈迦の誕生から入滅までの様子を見せましょうと言い、また、自分は明神の命によってあらわれた時風秀行であると言って消えて失せる。春日の野山は金色の世界となり、大地震動する中に下界の龍神が現れる……」。

私が見上げる空に流れ星が暗い山の上で動いた。参道を登る行列は二之鳥居に達し、やがて右に曲がり、御間道を行く。神は若宮に戻り、幕が外され、灯火がともされた。神の気配は消えていった。宮司以下が神楽殿に坐した。巫女の舞が続いた。終わった時、何事もなかったかのような静寂がやってきた。

神様が通った翌日の春日大社参道

第八章　神と仏の山河、白洲正子　祈りの道を往く

冬の旅

シューベルトの歌曲集「冬の旅」に憧れに近いものを感じてきた。「冬の旅」という言葉の響きに対してである。ヴィルヘルム・ミュラーの連作詩が二十四曲の歌になった。川、風、霜、雪、道、ずっとさ迷って、遠いところへ来てしまった自分。第五曲「菩提樹」は誰でも知っている。菩提樹のところへ行けば自分の心にも静けさが取り戻せると歌う。歌曲全体を陰鬱な気分が漂う。ヨーロッパが新しい歴史の波に覆われた時代に生まれた作品だからだ。お金を持った市民階級が勃興し、共同体は崩壊を始める。農村から都会へ人口移動が起き、故郷は失われていった。不確かな時代の気分の中で、人生の目標を失って漂泊する人々が生まれた。十八世紀から十九世紀にかけてのことだ。同様の歴史を、私たちが生きる日本も経て今を生きている。冬の旅を歩いている。

私も、今、冬の旅をたまらなく愛するようになった。六十歳を過ぎてからである。行く先は、日本海側の越前から、南は太平洋の黒潮が流れる紀伊山地まで、福井、石川、岐阜、京都、奈良、

三重、和歌山県にまたがる。ここには古代から人々が歩いた参詣道がある。

冬は近付けない山の麓を行く旅はあくまで静かだ。冷気が音を吸収して何も聞こえない。雪がはるか向こうの山まで続き、手が切れるような冷たい川が流れている。こうした旅の最後に私はいつも新幹線に乗らなければならない。旅の余韻が消えて行く。品川を過ぎたあたりから喧騒が激しくなり、来た道を戻りたくなる。私は東京駅で降りる。山手線に乗り換えるまでに、おみやげ店の呼び込みや先を急ぐ靴音、駅の絶え間ない放送などの雑音に耐える。容赦のない音の洪水は、また、あそこへ行こうという思いを掻き立てる。


こうして、たいていの人がどう行けば良いのか、途方にくれる道をめざすようになった。旅のそもそもの動機は、白洲正子の著書との出会いだ。能に近付きたいと思って数冊の本を読んだ中で、最もぴんときたのは白洲正子の『お能の見方』、新潮社のとんぼの本だった。それから、ほとんどの著作、雑記の類まで、旅をしながら読み進んだ。それから十年以上たって、満を持して、2010年から2011年までの間に、一時間半のドキュメンタリーを二本制作する。ハイビジョンの美しい映像で、最初は『近江山河抄』を映像化した。次に『十一面観音巡礼』。本書の最後に、そこで見たものを記したい。気づかなかった心のオアシスを掘り当てた気がしたのである。

美しい山河に、祖先の心が息づく神と仏が寄り添うように待っている。私は白洲正子の『十一面観音巡礼』の文庫本を手に何度も旅をした。その二百四十五ページから二百六十四ページにかけての二十ページ足らずの「白山比咩《ひめ》の幻像」は、日本人の思想の核に触れる凝縮された名文だと後になって思えるようになったが、当初は困惑した。白洲正子の文章を辿るのは容易ではない。彼女が見た川や山、仏や神は数行の文章に詰め込まれている。それがどこにあるか探しあてるのは大変で、やっとその地に立って、数行先に書いてある別の場所に移動しようとすると、そこは車で延々と行った山をいくつも越えたところにある。それでも白洲の紀行文は、道行の中であれこれ考えたことが面白いのだ。目的地に着いた後の記述はあっさりしている。私もここかと確認したら次へさっさと移動するようになった。

「先月、美濃加茂の清水寺へ行った時、教育委員会でうかがうと、同じ岐阜県でも反対側の、安《あん》八郡神戸《ぱちぐんごうど》にあるということで、濃尾平野の北部をつっきり、長良川を越え、揖斐川を渡って、ようやく辿りついた時には夕方になっていた」。日吉神社には、白洲がこう記した十一面観音がある。「ただすぐれているだけではなく、日本の美術品に特有なうぶな味わいと、ほのぼのとした情感にあふれており、観音様でありながら、仏教臭がまったくない。稀にそういう彫刻はないわけではないが、この十一面観音は群をぬいていた。が、目録には『岐阜日吉神社』とあるのみで、岐阜のどの辺にあるのか、見当もつかないまま一年近くすぎてしまった」

仏はつねに在せども　うつつならぬぞ哀れなる　人の音せぬあかつきに　ほのかに夢に見え給ふ

白洲は『梁塵秘抄』の今様を引いて今まで見たことのない仏像を見た感激をこう記して、話は核心に向かうのである。「頭上に十一面は頂いているものの、これはあきらかに神像である。そういって悪ければ、日本の神に仏が合体した、その瞬間をとらえたといえようか。十一面観音は、様々の神に変化《へんげ》するが、美濃ならば白山比咩に違いないと私は思った」。

白山、十一面観音が降臨した頂き

日本人の信仰史からすると、富士山より大きな地位を占めるのが白山であるという。白山は単独の峰ではなく、いくつもの白い山の重なりである。石川県側から頂きをめざしたのが加賀禅定道で、越前禅定道、美濃禅定道と祈りの道が三方から白山の頂きに延びている。

私の足は、まず、加賀禅定道へ向かう。初雪を待って、日本海側の小松空港へ降り立つ。山が真っ白な雪で冠をかぶっていないと、伝説の世界があらわれないのだ。まず、加賀禅定道の白山比咩神社へ向かう。大きな木立の参道が立派で、心地良い道行きである。近くの観光用のケーブルの山頂から見た日本海が素晴らしかった。白い山の頂きで十一面観音を感得したという泰澄《たいちょう》という僧は、幼い頃からはるか彼方の白山の頂きを見て育ったという。どんな風景を見ていたのか知りたくて、見ていた場所を捜し歩く。ある時、越前側の福井市から南へ行った三十八社町の麻生津《あそうづ》という地を訪ねた。泰澄が生まれたところで、泰澄寺という名の寺があった。ここから泰澄が修行のため通ったという越知山に入る。小高い丘のような山だが、ここから白山が見える。夕日が美しい越前岬と、十一面観音が降臨したという白山の間に私はいるという感慨があった。白洲はこう言う。「雪の肌《はだえ》は、美しい女体を思わせる。いつしか白山は、白山比売と呼ばれるようになり、菊理媛《くくりひめ》の名が与えられて人格化して行った。これは大そう古いことで、すでに神代記にも見えている。故郷の越知山から、多感な少年泰澄が日夜眺めたのは太古からの歴史に彩られた神の山だった。決してただの美しい深山ではない。それは母の生まれた伊野原のかなたに、高くそびえる雪の峰で、そこに慈母の面影を見たかもしれないし、理想の女人を見たかもわからない」。

越知山には簡単に入ることができた。林の中の道に、はっきりと獣の足跡がついている。熊なのか、急ぎ足で下の道に出たら、大きくなったお腹に赤子を抱えた鹿が目の前をゆっくり横切っていった。麻生津から、その地に向かう途中、九頭竜川沿いに車を走らせると、雄大な白山の頂きが見える。山の方から清冽な水が流れてくる。いよいよ、私は、平泉寺《へいせんじ》で至上の光景に出会おうとしていた。修験道の本山のひとつで、かつては、泰澄がここで修行をしたのち、白山頂上へと向かったといわれている。しかし、ここには目立った神像や仏像もない。緑の苔が美しい参道だけが続く。鳥居をくぐり、お堂がある。その向こうは白山のはずだが、越知山、泰澄寺と回ってきたので境内は暗くなってしまっていた。ここをどう番組で扱い何を撮影すれば良いのか、落胆の面持ちであった。平成二十二年（2010）九月二十四日のことである。お彼岸の翌日の夕方、日も落ちかけていたその時、海の方から光の帯が参道を走り、お堂までつながった。同行していた宮所可奈ディレクターはカメラのシャッターを切って言った。「ここまで計算して参道が作られていたとは驚きですね」。同じ瞬間、白山の頂きは赤く染まっていたに違いない。

泰澄は、こうした不思議な風景を見る稀有な体験を何度もして白山の頂上に向かう覚悟をしたのだろう。

白洲は「越知山、大谷寺、泰澄寺、そして、さらに平泉寺へと、泰澄の道はまっすぐ白山を目指している。地図で見ると、それらの遺跡が、定規で引いたような直線上にありこれは偶然とは思えない。正確な地図もない時代に、どうやって測定したか不思議だが、私はそこにわき目もふらず突進した、真摯な若者の姿を見る」。そして、白洲は十一面観音が降臨した瞬間をこう描写する。「彼は白雪にかがやく高峯を望んで、そこに必ず神霊がこもっているに違いないと信じ、いつの日か登りたいと願っていた。ある夜の夢に、美しい天女があらわれ、『早く来るべし』とのお告げを受け、養老元年（717）四月、九頭竜川をさかのぼり、大野郡から平泉寺を経て、白山の頂上に至った。頂上には、深い緑をたたえた池があり、そのかたわらで祈っていると、九頭竜神が池の面に出現した。泰澄は、これは方便の姿で、まことの神でないと見破り、更に念じていると、全身に光を放って、妙相端厳たる十一面観音が現れた。泰澄はその前にひれ伏して、衆生の為に慈悲をたれ給えと祈ったが、三拝もせぬ間に、観音の姿は消え失せたという」。

私は二度と参道に走る光を見ていない。放送ではあの日スタッフが夢中でシャッターを切った携帯電話のカメラが撮らえた写真を使用した。あの出来事は私の心に映じた十一面観音の降臨となった。再び、放送の本番の撮影で撮影スタッフと訪れた時は大雪、鳥居のてっぺんまでが雪に埋まっていて参道は雪の下にあった。

ギタリストの日本再発見

私は白洲正子の思想を映像化しようとするこの番組で大きな判断をした。何かと落ち着かない時代の中で、日本人の根底をなす思想を、興味を惹き付けて視聴者に伝えることが出来るのか。あれこれと迷ううちに、スペインの北部ゲルニカでの戦争犠牲者追悼式で日本人の女性ギタリストと出会った。長崎の浦上で被爆したマリア像が初めてバチカンとスペインを巡礼する高見三明大司教を団長とする旅でのことだった。食事の時隣り合わせに座った村治佳織さんは、白洲正子を読んでいると言う。まだ三十代半ばなのに。これもご縁というべきか、私と村治さんは意気投合して白洲正子の話に熱中した。企画の断念もちらついていた私に光明が射してきた。村治さんと別れた数日後、巡礼の最終日、予定を変更して李憲彦ディレクターと斎藤秀夫カメラマンを誘ってコルドバへ向かった。

スペインの歴史は宗教対立の繰り返しだった。八世紀、アンダルシアのコルドバはイスラム国家の首都だった。イスラムが造った寺院メスキータ、コーランが流れていた。今はその寺院の中に、五百年後の十三世紀になって奪回したキリスト教徒の聖堂が、壁面をぎっしりと埋め尽くしていた。

帰国後企画書を書いた。演奏活動をしながら宗教対立の傷跡をいつも見ている若きギタリストが、神と仏が共存する日本を再発見するという企画となった。「八百万神がすむ山河〜村治佳織白洲正子　祈りの道を往く」。村治さんは行く先々で多くを語らず、感動をギターのメロディに託す。実際、撮影では、雪が降り積もった登山基地の宿の脇、雪下ろしで落とされた雪の塊の上で、「カルメン組曲」を弾いた。霊峰白山を仰ぎ見ながら。スペインを舞台にした音楽に何の違和感もない。首飾りや瓔珞《ようらく》を身につけ頭上に十一面をいただく観音様の映像がリズムに乗って変《へん》化《げ》する。静かな十一面観音が美しいダンサーのように躍動したのである。インドの恐ろしい神が、この地で美しくやさしい十一面観音になった。こうしたことを伝えるための映像的表現に、私はカルメンを選んだ。

白洲は言う。「周知のとおり、本地垂迹とは、仏がかりに神の姿を現じて、衆生を済度《さいど》するという考え方だが、それは仏教の方からいうことで、日本人古来の心情からいえば、逆に神が仏にのりうつって影向《ようごう》したと解すべきであろう。その方が自然であるし、実際にもそういう過程を経て発達した。泰澄の場合で言えば、白山信仰の長い伝統があったから、仏教が無理なく吸収され、神仏は極めて自然に合体することを得たのである」（白洲正子『かくれ里』）。

加賀、越前、越中、飛騨、美濃、五つの国をまたぐ白山は、泰澄という僧によって祈りの道が開かれ、十一面観音信仰は、人々によって津々浦々に伝えられた。白山神社は全国で二千七百社を越えるという。

私が、これで番組ができると思えたのは、村治佳織さんとの出会いと同時に、白山の、加賀、越前とは反対側、名古屋側から白山をめざす美濃禅定道にある一つの神社の存在だった。私は白洲正子の著書を手掛かりにするあまり、白洲が書き記していない白山中居《ちゅうきょ》神社を知らなかった。あの白洲正子が行っていないわけがないが、どこにも書いていないので、私も知らないままで時が過ぎた。

白山といえば、ひとつの山ではなく、白山奥宮のある御前峰《ごぜんがみね》二千七百二メートルが最高峰で、剣ヶ峰二千六百七十七メートル、大汝峰《おおなんじがみね》二千六百八十四メートルの山群でできている。石川県側の一里野温泉の先から、深い谷を足がすくむ思いで車を運転し、岐阜県白川郷をつなぐ白山スーパー林道の中間の駐車場で大汝峰を見たことはあった。その頂きの迫力に気を取られ過ぎ、手前から続く峰々を行く道を忘れていた。御前峰などを三尊とすれば脇侍のような存在の山がある。別山《べっさん》である。南縦走路は石徹白道《いとしろみち》と言い、長良川沿いにその源流近くを通り、別山二千三百九十九メートルに達する祈りの道だ。

美濃禅定道を往く

のんびりとした長良川鉄道も郡上八幡を過ぎると終わり近くなり、白山長滝駅でおりると、そこは泰澄が開いた長滝白山神社がある。霊峰白山の登拝基地・美濃馬場《ばんば》として栄えた。一帯は壮大な信仰空間であったが、明治の神仏分離で、寺と神社が二つにわけられていた。古来、修験者は人々が行く道から離れ、ここから山中を歩いた。その道の入り口がある。高くなったそこから神社を見下ろすと、美しい神殿の屋根が重なっていた。だが、なぜ、長滝というのだろう。郡上踊りは、盂蘭盆会の時期に三十余晩踊り明かす。その歌の文句に「見たか聞いたかあみだが滝を、滝の高さとあの音を……」とある。

私が運転する車はますます高度を上げ、大きな曲がり道にさしかかった所に小さなホテルがあった。そこを谷の方向に下ると江戸期には葛飾北斎も訪ねたという阿弥陀ヶ滝が佇んでいる。修験者がここの洞窟で修行をしていた時、滝に阿弥陀如来の影が映ったことから命名されたという。その日は、洞窟の入り口付近に虹がかかって不思議な思いをしながら見入った。ここからさらに高度を上げる。標高七百メートルくらいの地点だったか、道の上に横に結界をあらわす注連縄が渡してある。見上げると白い紙垂《しで》が風で揺れる。ここからは神域に入るということだ。穢《けが》れを嫌う。葬列が通ることもなく、お墓もない。

その昔、石徹白の地は、「上り千人、下り千人」というにぎわいをみせたそうだ。

「ここは泰澄が白山を開くため社殿を造り社域を拡張されて神仏混合の幕を開かれました」とこの地域の公式ガイドブックに記している。お札を持って全国を歩いて白山信仰を広めた御師《おし》の家が残っている。

ほどなく、白山中居神社の鳥居に達した。ここから清浄な空気が身を包んでくれる。大木の間を抜ける。長良川につながる石徹白川のそのまた源流の川が、音をたてて流れ下っている。小さな橋を渡ると白山中居神社が静かに佇む。拝殿の祭神はあの菊理媛《くくりひめ》である。そこから風雨にさらされ、白く苔むした斑模様の石段を上がると本殿がある。まさに深山幽谷に神と出会う感じで、社殿の周囲は大木が囲み、この本殿の裏手からかつては参拝道があり、人々は白山の頂きを目指したのだ。

ここから二里、車で十五分、石徹白川沿いを走る。駐車場から山へ入り四百二十段の丸太の階段を上りつめると現在の登山道入り口に達する。特別天然記念物ともなっている大杉は形容のしようがない迫力がある。今は跡もない古社があった場所であろう。高さ二十五メートル、幹の周囲十三メートル、大人十二人でやっと抱えられる。生きているのか、死んでいるのか、異様な形で、幹は途中で折れ、その脇に緑の葉をつけた枝別れした幹がある。樹肌は枯れてわずかに表皮が生きている。大杉は千八百年の間登山口で山へ入る人々を見てきたのだ。近くの藪の先にのどを潤す清水が流れている。ここから白山山頂まで二十五キロある。頂きをめざす修験者たちはここにあった小さな寺で一夜をあかした。無事を見守り続けた住職の名から「浄安《じょうあん》杉」と呼ばれる巨木の下の道から深山幽谷へ分け入った。銚子ヶ峰、一ノ峰、二ノ峰、三ノ峰を辿り、別山の頂き二千三百九十九メートルに到達した後、さらに二千七百二メートルの白山御前峰をめざした。なんという祈りだろうか。これは登山ではなく、祈りであり修行である。彼らは山でどんな体験をしていたのだろうか。

神と仏を心に合わせ持つ日本人

とてつもなく凄い写真に出会った。七月に撮影された白山頂上付近、ご来光で翠《みどり》ヶ池付近は黄金色に染まり、残雪の雪渓も金色に輝いている。池だけがまだ黒く色を失ったままだ。これは、泰澄が十一面観音の降臨を感得した瞬間ではないか、私はそう思った。白山のこの写真集を監修し撮影した飛騨山岳会の木下喜代男氏は、雪の稜線でテントを張って宿泊していた時のことを写真集にこう記している。「この日、昼間は数人に出会ったが、夜はこの広い山域に私一人になった。早々と眠りに就き、夜半小用のためテントの外に出ると月がこうこうと照らしていた。眼前には白山の雪の峰々が水晶細工のように聳え、それが美しく光り輝いて別世界にいるようで、あまりの荘厳さにひれ伏してしまった。この時名状しがたい幸福感、一体感に包まれ、涙が出て仕方がなかった。一瞬の出来事であったが、不思議なことにこの日を境に、それまでの私のエゴに満ちた自然観や人生観は大きく変化していった」。

番組の撮影で再び石徹白を訪れたのは平成二十二年（２０１０）十二月九日のことだった。すでに初雪が降ったようで、奥山の方は冠雪していたが石徹白集落に雪はなかった。到着次第撮影チームは、明日、村治さんがギターを弾く大杉のある場所を確認に行った。四百二十の階段を上がる。周りが紅葉した中、大杉はそのてっぺんの近くに棲みついた植物が紅葉して、明日椅子を置く幹の周囲は土が冷たく固まり、寒い風が吹いていた。

翌十日の朝、日の出を待って宿の玄関を一歩出てみると一面の雪景色だ。この朗報をスタッフに知らせると続々集まり、カメラが回り始まる。すぐ目の前の林は霧氷で覆われ、遠く別山につながる峰々は真っ白である。撮影隊は大杉の撮影は可能か、確認するため先発することになった。私は村治さんとしばらく間を開けて出発する。石徹白川沿いの道路は村によって除雪がされていた。対岸の林が太陽に照らされ光り輝く。階段下の登り口で村治佳織さんはウオーミングアップをする。体をあたためないと指がなめらかに動かないと言う。四百二十段の階段はスタッフによって、箒で雪が脇に掃き寄せられていた。大杉の周囲は冷気に支配され、時々大杉から雪の玉が落ちてくる。ギタリストは大杉に向かって椅子に座る。鳥肌が立つ風景だ。ここで演奏した曲は映画「禁じられた遊び」のテーマ曲、元はスペイン民謡「愛のロマンス」だ。三連符のリズムに乗せて始まるメロディラインは短調で悲しい。映画では戦争で孤児となった、いたいけな女の子が雑踏の中に死んだ母親の面影をした女性を見つけ、その後を追って姿が見えなくなる。

ギターにめざめた若者がきまって挑戦し多くが挫折する曲を村治さんは大杉の下で軽々と弾いている。私の脳裏には映画の場面が浮かんでいたが、転調するあたりから、豪雪地帯に生きる人々の雪下ろしの風景に変わる。やがて、白い頂きをめざして杖をつきながら歩みを進める修験者の行列が現れ、雪原についた足跡はやがて、雪で消されて何事もなかったような自然が広がった。

五メートルもの雪に埋もれる山麓の大豪雪地帯の中に、白峰温泉があり、その集落でかつて白山の山の上にあった数々の仏像と出会った。国の重要文化財に指定された十一面観音があるというお堂に通りかかる。ここに、泰澄の像もあった。私はこの時に泰澄の像を初めて見た。木造泰澄坐像は高さが六十センチ、永年白山で修行し、七十七歳で越知山に帰り八十六歳で入寂した高僧の存在感が伝わる。仏像がいくつも並び壮観だ。ふと、案内のちらしを見て驚いた。山から下ろされた釈迦如来、薬師如来、観世音菩薩、阿弥陀如来、地蔵菩薩、そして十一面観音菩薩、それらは日本人の愚行を物語る。アフガニスタンのタリバンという勢力がバーミアン石窟の巨大な仏をダイナマイトで爆破し国際的な批判を浴びた、いやそれ以上の人類史上に残る愚行に匹敵する時代が日本にもあった。

説明書きに「明治元年、神仏分離令が施行され、山頂の仏像がことごとくお山を追われた。その現状を忍び難く、明治七年（1874）七月、廃仏毀釈の騒然とした中で、泰澄法師開基の林西寺住職の可性法師が、この地にご安置申し上げました」とある。別山山頂にあった観世音菩薩、主峰御前峰山頂にあった観世音菩薩。阿弥陀如来は大汝峰奥之院、地蔵菩薩は、山頂近く千蛇ヶ池に安置されていたものだ。

私が十年以上にわたって手にしながら旅をした白洲正子の著書の底流には、神と仏を共に心に抱く日本人の誇りとその美しさを思う心情が流れている。と、同時に神仏分離令によってそれを引き裂いた歴史への怒り、それによって薄くなった現代人の信心の心もとなさへの悲しみが流れている。「日本には『信心』という言葉がある。『何ごとのおはしますかは知らねども』の何事かを信ずる心である。たしかに私たちは外国人がいう意味での宗教も信仰も持たないかも知れないが、もしかするとそれ以上に、強烈な信心を秘めていないとは言い切れない。何事のおわしますかは知らないものを、信ずるほど難しいことはないのだから。大げさなことをいえば、日本の文化は、文学も美術も芸能も、みなそういう心から生まれたといえるのではないだろうか」（白洲正子『西国巡礼』）。

世界遺産、ふたつの巡礼道

白洲正子の祈りの道を往く旅は、北陸から大きく舞台を変える。近畿・関西へ。都があった山城の京都、大和の奈良、その周辺に生駒、金剛、葛城、吉野、高野山、大峯山、紀伊山地が太平洋へ達するまで霊場が続く。北は吉野山、南は熊野本宮に至る間に、山上ヶ岳、弥山《みせん》、八経ヶ岳、釈迦ヶ岳、地蔵岳、大黒岳と仏縁につながる山が連なり、それを総称して大峰山という。吉野山から修験道の根本道場のある大峯山系の山上ヶ岳（千七百十九メートル）の頂きをめざす「大峯奥駆道」、昔の修験者たちは北端の吉野から南端の熊野本宮まで尾根づたいに百七十キロを跋渉することを自らに課していた。熊野から辿るのが順峰《じゅんぷ》、吉野から行く逆峯《ぎゃくふ》、靡《なび》きという七十五の行場がある。洞窟、岩、井戸、滝、絶壁から身を乗り出して見下ろす「のぞき」、〝懺悔《さんげ》懺悔《さんげ》六根《ろっこん》清浄《しょうじょう》〟と懸け念仏を唱えながら身を賭して神仏と感応する。修行によって生き返るのである。

吉野山の蔵王堂からはるか向こうに聳える山上ヶ岳まで一帯をその昔は金峰山寺《きんぷせんじ》と呼んだ。まだ夜が明けきらない蔵王堂で勤行が行われ、読経と太鼓が広い空気に伝わって行く。蔵王堂は七十三番の靡き、そこからずっと吉野山を登り切ると七十一番靡き金峯《きんぷ》神社がある。神社自体はいかにも古社という佇まい、はっとさせられたのは左の小道を下った時だ。すぐ下に小さなお堂があった。扉に注連縄が貼られ、「行場《ぎょうば》」という貼り札があった。この場所で、中にこもり、真っ暗な中で祈ったのだ。「吉野なる深山の奥の隠れ塔　本来空のすみかなり」と唱えて中を廻った。彼らが行場から行場へと山中を駆ける姿が目に浮かぶ。長い歳月の中で、山中の祈りが日本古来の神と外国から入って来た仏とを習合させていった。蔵王堂の中尊の高さは七メートル以上、脇の二尊も七メートル以上ある。役行者《えんのぎょうじゃ》が祈りだしたという青色の蔵王権現は憤怒の形相で人々を威圧し、乱れた世を警告する。神と仏が仮（権）の姿をして現れたのが権現だ。そこにはインドの影響も中国や朝鮮の影響も薄れ、時の移ろいと世情の変遷は日本独自の祈りを育んだ。

「吉野山の蔵王堂に祀られている本尊は、桜の木で作られており、その時役行者が感得した像と伝えている。それは伝説にすぎまい。が、神がかりの青年が、龍樹菩薩に導かれ事代主《ことしろぬし》と出会い、さらに神仏と渾然ととけあった蔵王を発見したという説話は、役行者の成長を物語っている。或いは日本の宗教が経てきた歴史といっていい。山を崇めた原始信仰が永い眠りから覚め、はっきりとした自覚と反省をもとに、ひとつの宗教として成立したのはその時だった」（白洲正子『かくれ里』）

日本とスペイン、ここは、世界でふたつだけ世界遺産に登録された巡礼の道の中にある。スペインの道は、村治佳織さんも歩いている。番組の旅で最後に行くことが予定されている熊野那智大社では「コンポステラ組曲」（作曲　F・モンポウ）を演奏したいと言う。

コンポステラとは遠くヨーロッパの、フランスからピレネー山脈を越え、イベリア半島の西のはずれ、終着地のサンティアゴに至る巡礼の道である。サンティアゴ・デ・コンポステラとは、「星の野原の聖ヤコブ」という意味だ。紀元四十四年、キリストの弟子、十二使徒の一人、ヤコブはスペインで布教し、エルサレムに戻って死したはずであった。だが、九世紀その遺骨はイスラムに支配されていたこの地で発見された。この奇跡に、聖地奪回の機運が高まって、今はキリスト教の聖地となっている。長い旅をしてきた人々はコンポステラの聖堂に到着するとヤコブの像に抱きつくそうだ。

私もスペイン北部のパンプローナで初めて巡礼の道に立ち、順路を示す星のマークに見える標識を街のあちこちで見た。その後、巡礼道の少し離れたサント・ドミンゴ・デ・シロス修道院の回廊を見て、グレゴリアンチャントの響きを思った。再び巡礼道に戻りイベリア半島の中央に位置するブルゴス大聖堂に向かった。人々はロマネスク美術に荘厳された神の前で祈っていた。杖に白装束で山中を往く日本の巡礼、サンチャゴ巡礼は半ズボンにリュックサックである。同じ巡礼でもこうも違う。日本の神は姿もなく、抱きつくこともない。目には見えないのである。

日月《じつげつ》山水図屏風の四季

京都、奈良、都のにぎわいから離れて、白洲正子が書いた「かくれ里」へと向かう。大阪・難波から南海高野線に乗り、河内長野へ、電車で三十分あまり、めざす金剛寺は、行くことに馴れると今はあっけない場所にはあるがそれでも山の谷間に隠れるように佇んでいた。越の大徳とまで呼ばれ都にも招かれた泰澄とほぼ同じ時代に、葛城から吉野、熊野にかける山中で祈ったもう一人のスーパースターがいた。役小角《えんのおづぬ》、役行者《えんのぎょうじゃ》とも言われる。美しい葛城、金剛の山々では、修験者たちが祈り続けていた。天野山金剛寺を私は知らなかった。白洲正子が最も好きな風景画という「日月山水図屏風」が見たくて初めて訪ねた時、こんなところにこんな立派な伽藍があるのかと驚いた。高野山を思い出させる佇まいで、本尊は大日如来だった。弘法大師が修行した寺で、この一帯には真言密教の修行場がいくつも点在しているという。金剛寺は女性が弘法大師に祈る霊場とされ女人高野とも呼ばれている。

かつて、行き当たりばったりで訪ねた日、山水図は公開されていなかった。それでも何回か訪ねるうちに、いつしか、谷間にある伽藍や中を流れる天野川の桜や紅葉の美しさに魅了されていった。塀の向こうには南北朝が対立した時代、南朝方が一時勢力を盛り返した時、天皇が進出した御座所があった。すぐ隣にその時捕虜としてともなった北朝方の天皇と上皇の御座所があり、波乱の歴史の舞台だ。

撮影が実現した日、天皇の玉座が残る御在所に緋毛氈が敷かれ、寺男二人が梱包された屏風を、庭を廻る廊下づたいに運んで来た。たしか、青葉が目にしみる季節で、庭の奥の大きな木は、深い緑、黄緑、さらに明るい緑が入り混じって重なって輝いていた。毛氈の上に、白洲正子ファン垂涎の絵が目の前にあらわれた。「日月山水図屏風」は、山中で泰澄や役行者が祈った時代から八百年の時を経ている。安土桃山時代に描かれているということらしい。かつての曼荼羅のように神や仏が描かれているわけではない。風景になってしまったのだ。深山に川が流れ、日月が照らしている。神仏習合が行き着いたひとつの象徴なのか、日本人の心のありように出会った思いで、私は感激した。

白洲正子は次のように記している。「一双の片方には、春から夏へうつる景色を描き、片方は秋から冬へかけての雪景色で、前者には日輪を、後者には月輪を配している。目ざめるような緑の山と、月光に照らされた冬山と、どちらをとるかといわれると返答に困る。これほど一双が対照的で、優劣の定めがたい屏風はない。春の山は今桜が盛りで、いつとはなしに夏がおとずれ、やがて目をうつすと、紅葉の峰から滝が落ち、はるかかなたに雪を頂いた深山が現われる。その麓をめぐって、急流がさかまき、洋々たる大海へ流れ出る風景は、日本人が自然の中に、どれほど多くのものを見、多くのことを学んだか、無言の中に語るように見える」（白洲正子『かくれ里』）。

太陽は言うまでもなく万物の命の源、月は自らの心をみつめ、悟りを開くまで内省を深めることである。誰がこの絵を描いたのか、作者は謎である。白洲は、これは普通の絵師では描けない。近くの山中で祈り修行していた僧に違いないと言う。光滝寺という小さな寺が奥まった渓谷沿いにあった。下に川が流れている。紅葉の頃は美しく、小さな滝から色づいた落ち葉が流れてきた。

ある日、山の高いところにある道を車で走った日、はっとする風景があった。山が雪化粧し、山の稜線がくっきりとして、これは山水図の風景だと思った。しかし、撮影したいと何度もその場所を探したが同じ風景は二度とあらわれなかった。

本書の挿絵を担当している日本画の大河原典子さんにとっても、この屏風は憧れの存在で、何回か美術展の会場で見たと言う。東京文化財研究所での保存修復の仕事で明日香にひんぱんに出かけている彼女は、あの屏風を一度現地の雰囲気の中で見てみたいと言った。私が案内をした特別公開の日、屏風と対面した瞬間から動かなくなった。ずっと坐ったままで、少しずつ右から左へと移動しながら見た。その日の感想を記したメモがある。

「私が最も気に入っていったのは右隻のまん中に聳える夏山である。大和絵風の山型に緑青を塗った上に、丹念に草木が描かれている。杉林が重なる部分などあまりにリアルであり、昔と今の感覚の違いなんてないのだな、ということを痛感させられる。よく見ると、松、檜、柳、椎など、山に生える木々が正確に描き分けられていて、絵師が植物への深い造詣を持っていたことがよくわかる。絵師は山中で修行中によく目にした木々を描いたのではないかと、思わずにはいられない。連なる山裾をうねる波が洗うところも、気に入っている部分である。洲浜にいたら波にさらわれるのではないかという恐怖を感じる。この波は丁寧に絵の具で盛り上げられた上に、銀箔を貼り付けてある。波頭が崩れる部分は、砂子をまいて表現している」

冬の撮影で、村治佳織さんが寺を訪ねた日はおだやかな日和で、九十二歳になる座主が縁側に出て来られた。蹲踞《つくばい》の水が凍りつき、花が一輪落ちていた。終わりを悟ったかのようなご老師とこれからも道を究めながら歩き続けなければならない三十代半ばのギタリストのツーショットは絵になった。堀智範座主は、小学生の頃、母親と別れ入山した。その時は、泣きじゃくったそうだ。インタビューは村治さんの「あの絵には何が描いてあるのですか」というストレートな質問で始まった。座主はにこにこしながらこう答えた。

「あの絵は四季が描かれている。春夏秋冬の人間としての生き方を描いているんだと思うんです。人間として生きて行く上においても、春もあれば夏もある、秋もある、冬もある。そういう自然の現象ではなくて、心の中のね、苦しい時は冬だろうし、自分が思うように修行できた場合には、花が満開だろうし、そういう自然というものと、自分がひとつになる。そういうことで、あの屏風の前に座ったんじゃないかと思うんです」

大豪雨が襲った参詣道

私は金剛寺の堀座主の「晴れたり曇ったり、春もあれば冬もある」という言葉の意味を思い知らされることになる。白洲正子の番組を放送する直前に東北が千年に一度という大津波に襲われた。そして、その年の九月には今度は紀伊山地が大豪雨に襲われたのである。世界遺産となった参詣道のあちこちがずたずたに破壊されたのである。

天河大辨財天社はあの吉野からはるかに見えた山上ヶ岳の麓にある。撮影の時、村治佳織さんは神殿の能舞台で、神様に向かってギターを演奏した。御扉が開かれた。秘仏の弁財天は芸の神様でもある。薄暗い空間にいらっしゃるのかいらっしゃらないのか、お姿がほのかに見える。弁天様の周りを大峯山の神々が取り囲んでいるという。御扉が開かれた前に注連縄が張られた大きな一角があり神の座と拝殿を分けている。磐座《いわくら》である。弁財天は後の人が祀ったもので、これが古来の神の座だ。下は巨大な水甕《みずがめ》となっている。

神に奉納する曲はスペインのカタロニア地方の民謡「聖母の御子《みこ》」、マリアの子を慈しむ内容で、クリスマスに歌われるという。ギターが本殿へと響き、御扉の奥の秘仏の方向に流れて行く。素朴で温かいメロディを聞きながら、私は柿坂神酒之祐《みきのすけ》宮司の言葉を噛みしめていた。

「年に数回、人々が鎌を持って集まり、世界遺産に登録された熊野古道の草刈りをします。道は手入れしないと藪になってしまう。古くから人が歩き続けてきたからこそ道がある。心配なのは人が道を歩かなくなってしまうことです。道は歩く人がいなければ消えてしまうのです」

大峯山麓の天川村《てんかわ》へ急いだ。

紀伊山地のちょうど中央に位置する天川は、その名のとおり、空に近くなった感じで、登山口に行者宿が立ち並び、夏は子どもたちの林間学校として満員となる。山に登り、渓谷で遊び、夜は花火が空に打ち上がる。夏訪れた洞川《どろがわ》温泉の行者宿で、私は子どもたちが雑魚寝をしている中をかきわけながら、自分の部屋へ辿り着いた。近鉄の橿原《かしはら》神宮駅前からレンタカーで向かう道は途中からどんどん高度を上げ、やがて、聳えていた山の頂きが目の高さになった。さらに、トンネルをくぐり、役場のあるあたりから、少し下ると、朱色に塗られた橋が天河大辨財天の参道の入り口をあらわす。下の川は深い。橋は高い所に頑丈な鋼鉄のロープが張られ、橋の道が吊られている。道路面からロープまでは三メートルはあるだろう。九月の豪雨の時、山が崩壊し土砂で川がせき止められ、水が逆流して神社と集落を襲った。水がこの橋の上のロープの所まで来たというのだ。私の手元に被災状況の報告と支援を求めてきた柿坂宮司からの手紙がある。三日間にわたって行われる祭りを直撃した恐ろしい出来事が悲鳴のように記されていた。

九月一日には、大雨の中、氏子が集まりなんとか八朔祭を終え、夜には参集殿で踊りなどの祭り事も行った。その翌日からのことである。「二日の日も、大雨は降り止む事無く、三日には本土に近づく台風十二号と共に、一層雨量も増し、かっぱを身につけて職員一同、深夜に睡眠をとる事もなく見回りを致しておりました。天川の水も増水し、三日午後八時半頃、まるで地球が張り裂ける如く、山の神々の叫びのような驚愕の地響きと共に、どこかで、尋常でなく大地が崩れ、土砂が溢れて行くのが解りました」。

神社の対岸の山が三百メートルに渡り崩れ、川の増水とともに、川沿いの教員住宅に住んでいた天川中学校の先生の命が奪われた。日本全体の関心が東日本大震災に集まっている中で、紀伊山地の豪雨による災害は小さく報じられただけで、私も宮司からの手紙で初めて詳細を知った。「翌九月四日、午前八時三十分頃、天河神社から東方に五百メートルの所、坪内谷川を挟んで真向かいの通称『滝の峰山』が、幅三百メートル、高さ五百メートルに渡り突如崩壊しました。禊殿一帯に濁流が流れ込み、禊控え殿横に三メートルほどずれ落ち、陶器を焼く天河火間《てんかわかま》の建物が崩壊しました。その日の昼頃にやっと台風も治まり、安堵したところでしたが、昼十二時三十分過ぎ、天河神社より未申《ひつじさる》の方向千メートルの所、通称『花折山《はなおり》』が幅五百メートル、高さ五百メートル以上の大崩壊となり、川を挟んで土砂ダムが出来、濁流が坪内地区内の方に逆流してきました」。

神社は坪内地区にある。集落の中を十五分も歩けば現場があった。神官たちが祈りの前に水で身を清めた禊殿は、ちょうど崩壊した山の下にあり、蛇行する川で水がぶつかり逆巻く所にあった。境内の復興は進んだにもかかわらず、禊殿周辺はどこから手をつけたら良いかわからないとそのままだった。二本の柱を渡す上の笠木はなく、手水舎《てみずしゃ》は土砂に埋まっていた。大峯山で修行を重ね、見るからに心身共に鍛え上げた柿坂神酒之祐宮司は経験したことを静かに話した。「途方にくれて片付けをしていたところ、崇敬者や奈良県の神社の人々がかけつけました。これらを片付けるには、どの業者に発注し、お金はいくらかかるだろうかと考えていた。しかし、人海戦術が進んだ。人の力はすごいですね、あらためて知りました」という言葉は、何でも業者に頼んで金ですます時代への批判にも聞こえた。「御蔭様で、宮司の自宅が床下浸水で済んでおりましたので、台所にて御飯を作ることが出来、御奉仕下さる方々に昼食のおにぎりを食べて頂く事ができました事、本当に有難い限りでした」。

ここ天河大辨財天は、霊力が強く不思議なことが起こると言われている。宇宙からの気が届くと、芸術家たちがやってくる。たしか、「ガラスの仮面」の美内すずえさんだったと思うが、こんな神秘体験を記していた。神社の周りを歩いていると不思議な感じの森があって、そこに鳥居が立っていた。次の日、またあの鳥居を見たいと訪ねたが、森はあったが鳥居はなかった。豪雨の後にも、不思議なことがあったと柿坂宮司が話された。「周りの田んぼは冠水し全滅、毎年田植えをしている神社の田んぼも穂の上まで泥水につかりました。これでは駄目だなと思ってふと手にして見ると穂に堅い実が入っている。もち米です。助かったのはこの田んぼだけでした。秋、餅をつき、神様に捧げ、村人みんなに食べてもらいました」。

望郷の念

大雨の泥水は、高い基壇の上に建っている宝物の収蔵庫にも迫ったという。しかし階段を上がったところ、床まで三センチのところで水が止まった。この蔵には、都から落ち延びてきた南朝方を天河郷の村人が一丸となって、四代の天皇を五十七年に渡って守り抜いた歴史を伝える品々がある。私はここで相当な数の能面を見た。白洲正子がようやく天川に辿り着き究極の能面に出会った記述を思いながら、私も身を固くして拝見した。その中の一つの面の裏に「観世十郎元雅」の筆蹟がある。世阿弥の長男の十郎元雅は、この神社で能「唐船《とうせん》」を舞っている。舞台に舟形を置き、その中で名手元雅は扇をかざして舞ったのか、白洲正子は著書『能面』（求龍堂）にこう記している。

「唐船というのは、中国に二人の子どもを残して日本へ渡った浮虜が、日本で二人の子をもうけ、長年たった後、待ちあぐねた中国人の子どもが迎えにやってくる。が、法律では、此方で生れた子を、中国へ一緒に返すことはできない。父親は、望郷の思いと、恩愛の切なさに、身を投げようとするが、主人のはからいにより、めでたく子どもを引き連れて帰国がかない、老人は船中で喜びの舞を舞う。（中略）元雅はこの面をつけて舞った後、そのまま奉納したものであろう」

尉《じょう》とは能で老翁のことを言う。この阿古父尉《あこぶじょう》の面は「頬のこけ方が、まるで瘤のように高く突き出ており、愁涙袖をくだす老人の悲嘆と苦痛を現している」。私が初めて白洲正子と出会った著書『お能の見方』での記述である。大和や熊野の奥を訪ねて多くの仮面に接したことへの感想をまとめていたが、その深く掘り下げた表現を忘れていない。

「私はなんともいえない思いに打たれたのでした。あるいは恨めしげな、あるいは楽しげな、様々な表情の上に、皆一様に遠くを見つめているような、一種特別な雰囲気がある。現実的な伎楽面にも、抽象的な舞楽面にも、それはまったく見られない謎めいたもので、これを何とよぶべきか、私は言葉に迷うのですが、しいて言うなら、強烈な望郷の念とでも名付けられるでしょうか」

収蔵庫でたくさんの能面を前に私も、昔の日本人と出会っていた気がした。これは私たちの祖先の顔なのだ。その昔の日本人はこんな顔をしていたのだ。望郷の念とは何だろうか。それは、自然に祈りながら生きていた日本人の歳月なのか、暮らしの中にあった喜怒哀楽なのか。

境内に雪が積もっていた。二月の節分に再び訪れると、復興が相当進んでいた。川べりの禊殿の周りも元通りになり、鳥居もしっかり立っていた。春の到来を喜び、災いを取り除き、福を招く。境内で山伏姿の修験者が般若心経を唱えながら護摩を焚いている。白い吐く息が、経の言葉を追いかける。もうもうとした葉を焚く黒い煙は白くなって大峯山の空へ向かって消えて行った。

旅の終わり、熊野那智滝にて

西国巡礼、その一番札所は、熊野の那智山にある。熊野という地名の語源は、「隈の処」といい、奥深い処、神秘の漂う処という意味らしい。「クマ」は「カミ」と同じ語で「神の野」に通じる地名であることを最近知った。

今でも東京からはとにかく遠い。時間を節約したいと南紀白浜空港へ降り立ったことが数度あるが、そこから那智勝浦まで特急で一時間半もかかる。京都から特急に乗ったこともある。仕事を済ませて夕方六時半発に乗った。那智勝浦に着いたのは深夜十一時半だった。上皇や公家たちが熊野詣を繰り返したというが信じられない。最近では名古屋から特急に乗ることが定着してきた。四時間近くかかるが、伊勢、松坂を過ぎたあたりから列車は山中を走り続け、ところどころで、海が開ける。遠い熊野へ往くのだと覚悟を決めれば、のんびりと気分が良い旅であるが九月の大雨の後、崖が崩れ、鉄橋が冠水し、列車は手前の新宮止まりとなった。新宮駅も水にかかった。

その最悪の年の終わりの十二月、ようやく訪ねた熊野本宮前の門前町は雨に流された傷跡も生々しく、熊野古道を歩く人の影もない。喫茶店に入ると昨日営業を再開したばかりだとか、私は熊野川に面した本宮旧跡に向かう。今の本宮は明治の洪水の後、高台へ移転したのだ。川沿いの旧跡は、広い平地に林があるだけだが、それがいい。都から熊野詣にやってきた上皇の一行はようやく山旅から解放され、ここで船に乗り換えて川を下り、熊野速玉神社へと向かった。上皇の伴に歌詠みとして加わった藤原定家『明月記』には熊野御幸の道順が記されている。淀川を下り、紀伊に入って、田辺より熊野古道の中辺路《なかへち》に入る。本宮に到着し船で熊野川を下り、新宮に下り、そこから那智山から雲取を経て再び本宮に至る。そして、往路を逆行して御還幸、所要日数二十二日とある。熊野速玉大社にある熊野御幸の石碑によると、宇多院から亀山院までの四百年間に九帝百三度の御幸が行われ、最高は後白河上皇の三十四度、次に後鳥羽上皇三十一度とある。両帝は十か月から一年の間に熊野御幸を決行している。本宮跡に立ち茫漠と広がる熊野川を見る。ここには帝に随行した歌人の定家が雄大な風景を歌にする雰囲気があったが、大量の土砂で川面が見えなくなっていた。山河への憧憬と畏れ、祈りをテーマに旅をする私には、家に土足で踏み込まれた感情がこみ上げる。

ここから、新宮を経て那智山へ登った所にある那智の大滝は「飛瀧《ひろう》権現」と呼ばれる。滝を見上げる参拝所には石があり、祭壇が設けられている。かつて白洲正子が訪れた時は、滅多に雪が降らないのに、滝は雪の中を落下していた。

「翌朝起きてみると、雪が降っており、昨日とうって変わった寒さである。私たちは本宮へお参りし、昨夜来た道を下って、那智へ行く。こんなお天気にも関わらず、飛瀧神社の前には観光バスが四、五台、止まっている。神社といってもここには社はなく、滝がご神体である。大勢の人にもまれながら、石段を下っていくと、目の前に、滝が現れた。とたんに観光客は視界から消え失せ、私はただ一人、太古の時の流れの中にいた。雪の那智の滝が、こんな風に見えるとは想像もしなかった。雲とも霞ともつかぬものが、川下の方から登って行き、滝の中に吸い込まれるかと思うと、また湧き起こる。湧き起こっては、忽ち消えて行く。それは正しく飛龍の昇天する姿であった。梢にたゆたう雲煙《うんえん》は、空と雲を分かちがたくし、滝は天から真一文字落ちてくる。熊野は那智に極まると、私は思った」(白洲正子『十一面観音巡礼』)

私は通い慣れた道を那智山へと向かう。途中、氾濫した川に沿って道をいく。道路はその半分が流され、川の堤防は欠けて流れが道路の下にできた空洞まで洗っている。観光客の人影が全く見当たらない。誰も近づかなくなったのだ。豪雨の時、山上にある熊野那智大社一帯は孤立した。朝日芳英宮司は、救援が来ないので、この道を一人で歩き、役場へ談判に行ったという。

九月二十四日付、宮司から信者に宛てた緊急報告がある。

「台風十二号の豪雨は当社の設置雨量計では三日から四日にかけて七百ミリを記録しています。当社の地形は東南に開け、大雲連山の中腹三百五十メートルに鎮座し、眼下の那智川流域の集落は壊滅的被害を受け多くの犠牲者が出ました」

私にも届いた長文の手紙には緊迫した状況が赤裸々に書かれてあった。

「四日午前三時半ごろ那智山に居住する外勤職員から、濁流が流れ込んできたとの報告を受け停電中のため注意し社務所に入る。当社はその地域性を考慮し職舎を那智山に建設し居住を義務としているので、夜明けとともに神職を招集する。社務所前で約二十センチ程度の濁流が流れ石段は滝の様であり、御内庭の透塀の一部は基礎部が損壊し、鈴門の格子部や透塀の間から濁水が吹き出しており、御内庭域・御瑞垣内は岩石・土砂が堆積し、第五殿と八社殿の間に裏山から岩石・土砂が崩落し、第五殿は御屋根まで埋没しましたし、外の各殿も側面や裏側は大床近くまで土砂で埋まりましたし倒木で第五殿の千木・鰹木は崩落しました」

ようやく那智を訪れ朝日宮司にご挨拶ができた私は、社務所を出て隣の西国一番札所青岸渡寺《せいがんと》の僧侶たちに挨拶をし、滝が展望できる崖の上に立った。

はるかに臨む山中へ向かって一の滝、二の滝、三の滝と三重に重なっている。水は一の滝の銚子口から百三十三メートルの断崖を奔流となって落下する。一筋の水の柱がご神体なのだ。御滝として人々の信仰を集めてきた。

手前には朱色の三重塔が見える。ここには仏が祀られている。神と仏が一望できる風景から吹きあげてくる風を受けながら、心配でならない大滝を一刻も早く見たいと思った。石段を下り、滝直下の神社へと向かう。幸いに御滝の姿そのものに大きな変化はないが流れ落ちる水が落下を始める銚子口の注連縄は切断され流失した。滝の下にあった室町時代の那智宮曼荼羅に描かれた荒行でその名が知られた文覚《もんがく》上人が修行した小さな滝は上から高さが五メートル、三百トンの巨石が落ちてきて姿が消えた。祭典を行う斎場の磐座《いわくら》も流され神の御座となっていた金の幣を立てた石もどこへ行ったかわからない。御滝周辺付近の風景が変わっている。滝壺に大きな石がごろごろと増えた気がする。参道の巨大な杉も数本根元から倒されていた。

滝の水の向こうの縦に長い無数の岩の壁が修行僧に見えていた。たくさんの行者が滝の中に立って頭から水を被り経を唱えていた。豪雨によってその気配が少なくなったような気がする。自然とは恐ろしく不思議なものだ。再び、歳月と人々の祈りが霊場の神気を取り戻すことだろうと思って私は御滝を離れた。

熊野那智滝、流れ落ちる水の柱

広大無辺の思想

自然に神を感じる日本古来の祈りに、やがて仏教が伝来し、神仏習合が広まる。大滝の御神体である「大己貴命《おおなむちのみこと》」の化身として「千手観音」が祀られる。時代とともに上の見晴らしの良い所に建てられた社殿が熊野那智大社だ。毎年七月十四日に那智山中腹に社殿が造営された時、神々を滝から神輿で移した神事が行われている。神輿はよく見慣れた神輿とは違う。幅一メートル、長さ十メートルの細長い木枠に緞子を張り、金地に朱の日の丸を描いた扇を飾りつけ、この三十二本の扇神輿が飛瀧神社へと向かう。大滝までの石段の下り道を、重さ五十キロもあるという十二本の燃え盛る松明で清める。これが那智の火祭りと言われるゆえんだが、私には京洛から山川を八十余里、静々と下って来る扇の列に上皇たち一行の旅の行列が偲ばれた。

熊野那智大社は切妻造、妻入りの構造で、妻正面に庇《ひさし》をつけ、社殿床下に袴のような基壇の箱が左右と後の三面に取りつけられている。熊野権現造という。普段、参拝所から社殿の全体を見ることはできないが私が豪雨見舞いにかけつけた時、土砂が取り除かれたのでお見せしたいと思いがけず奥に案内され、第一殿から第六殿まで並ぶ壮麗な姿に感動した。それぞれの御殿に祭神と本地仏が共にいる。第五殿の若宮には、天照大御神《あまてらすおおみかみ》と十一面観音という組み合わせだ。また、熊野本宮は阿弥陀様、新宮はお薬師様、那智は観音様、まさに天上から熊野の山々を見下ろしているかのような熊野三所権現という呼び方がある。

那智滝遠望と三重塔

越前、美濃、吉野、河内、熊野と巡った番組の締めくくりの言葉は、村治佳織さんが白洲正子の西国巡礼を引用しながら自ら書いた。

「白洲正子さんは、巡礼をあらわすのに、こう書いておられます。『観音の慈悲に甲乙はなく、へだてもないという意味で、このことを追求していくと、しまいには人それぞれによってどう解釈しようとかまわない、信仰の有無すら問わない、ただ巡礼すればいい、そういう極限まで行ってしまう。それは決して私が考えていたような、窮屈な信仰ではなく、実に広大無辺な思想なのであった』。私は各地で見た景色、各地で皆様に聞かせていただいたお話から、広大無辺さを感じました。今回の旅で出会った方々、そして私が今まで出会い、これから出会う方々すべての方々とは、この日本に生まれてきたという共通点があるのだなあと思う時、心が温かくなります」。

那智大社の隣、西国一番札所の青岸渡寺からはるか滝の方向を見ると、その間に美しい三重塔が立っている。塔の中層の屋根の下で、村治さんはスペインの「コンポステラ組曲」を弾いた。

二月、再び訪れた時、那智の滝が珍しく雪化粧した。朝早く気が付いた撮影チームは、興奮の面持ちでカメラを回した。雪が、落ちる水を霞みのように包み、風に吹かれて舞う。これが番組「八百万の神がすむ山河～村治佳織　白洲正子祈りの道を往く」のラストシーンを飾った。私たちは白洲正子が見た雪の那智滝を見た。

昭和四十九年（１９７４）五月、ド・ゴール政権で長く文化相をつとめ日本文化に精通するアンドレ・マルローは東京の根津美術館で那智滝図を見て、大和路から熊野に入ったそうだ。那智滝図は鎌倉時代に描かれた。飛瀧権現の上の岩峰には月輪がかかり、下方には、杉の巨木の幹が拝殿の屋根を貫く姿、山並みは、赤く色づいている。

旅に通訳として同行したマルロー研究家竹本忠雄によって克明に旅の様子が再現されている。マルローが根津美術館で那智滝図と対峙した時の感動は並み一通りのものではなかったと記している。京都では地唄舞を見た。舞い終えた芸妓に「練習の時に鏡を見ますか」と聞いた。「ぜったいに見ません、鏡を見ると視線が崩れるので、御師匠さんにきつう叱られます」。「その御師匠さんはどなた……」。「井上八千代さんどす……」という会話があったそうだ。

マルローがついに那智滝の姿を見たのは昭和四十九年の五月二十七日、その時七十二歳、世を去る二年半前のことだった。マルローは一筋の水の落下を見続けた。竹本はこの瞬間を書いている。「観賞の位置を徐々に変えてマルローは後退し、ついにある一点で止まって『ここが滝を見るのに最高の位置だ』と言った。ところが、さてそこは、記念撮影のカメラマンが立てた三脚のまんまえだったので、一同大笑いであった。しかし、マルローだけは笑わなかった。魅入られたようになおも彼は一筋の落下を視つづけていた。そしてそのとき、驚くべき言葉を吐いたのである。『アマテラスだ……』」。

ある日、冬の夜、私たちの撮影チームは、那智滝図と同じ構図の映像を撮影しようと挑んだ、東京からＮＨＫにも数少ない超高感度カメラをこのためにだけ持ち込んだ。見上げる崖の上から水が落下を始める銚子口の上に満月が出てくるはずだった。その日の撮影メモがあった。「満月が出る時刻になっても深い杉が邪魔して姿をあらわさない。ようやく月が出て撮影したが、那智滝図と同じ位置にはあらわれなかった。那智滝図は実際にある姿ではなく、作者の心の中の神仏の姿を描いたのだと、カメラを片付けた」と書いている。

私が日本の美について多くを学んだ白洲正子でさえ、「滝だ、滝だ、うなるしかない絶景だ」と胸を躍らせた。滝に手を合わせているのだろうか。言葉少なに滝の前で素直になれた人間が祈っている。人間が本当に感動した時は沈黙するものだと書いていたのをどこかで見た記憶がある。「滝に想う」という一文もある。

大納言藤原公任《きんとう》が京都嵯峨の庭園の瀧殿に道長のお伴をしてきた時に詠んだ。歌を詠んだ頃には滝は涸れて半ば土に埋もれてしまっていた。しかし、池に水を注いでいた美しい滝の名声はなお聞こえていた。のちに「名こその瀧」の名称が生まれる。今は大覚寺境内となり、滝殿の石組み跡が残っている。

瀧の音はたえて久しくなりぬれど名こそ流れてなほ聞えけれ

白洲正子はここまで言う。「瀧はなんといっても、『枯山水』に止めをさす。水はなくて石と苔だけで瀧を表現するというのは、静寂の極みである反面、『音の庭』と名付けていいと思う。瀧は深山から人工の庭に移され、三尺の流身に水さえ消え失せて、人は瀧の音を耳で聞かずに心で聞く、そこではじめて自分のものになる。いや、自分自身が瀧となる」。

その昔、はるか彼方に浄土があると思っていた日本人は、やがて身近な山河にも神と仏が棲むと信じるようになった。神と仏を心にともに合わせ持つという独特の感覚、世界のどこにもない稀有な思想を持つ私たちの存在の核心が、ここにある。

白洲正子は「お祈り」という文章の中にこう記している。

「神に祈る姿は、世の中で最も美しいものの一つです。どんな無智な人でも、一心不乱に祈る時は、いかなる聖者にも劣らぬ、犯しがたい美しさにあふれます。世の中に、神や仏より美しいものは存在しないと私は信じます」

不思議なことが起きる。私が本稿の最後の取材で訪れたのは平成二十五年十月十日、熊野那智大社で、二日前の八日夕方、文覚上人の瀧があったすぐ下から丸い石が発見されたと言う。直径二十八センチから三十センチのまん丸い美しい石、水に打たれる行者が満月を抱くようにかかえたのだろうか、それにしては重い。持ち上げようとしたが出来なかった。しげしげと拝見しながら、歳月を経て滝の下で苔むした石に手を合わせている信心深い未来の人々の姿が目に浮かんだ。御滝の災禍も再建された磐座の上に祀られた丸い石を通じて語り継がれることだろう。文覚上人の瀧も、流れは変わるが復元されると聞いた。

ある春の佳き日、那智勝浦の洋上の船から、山塊の一角に那智滝の白い水の糸が流れているのを見たことがある。那智の山々が重なる手前に太平洋が広がる。遠くて聞こえないはずの滝の音が聞こえる。この海では平安時代からはるか南の海の彼方にある極楽浄土の地、補陀洛《ふだらく》をめざした人々がいた。浄土で永遠の命を得る、それだけではなく、多くの人々の苦しみを代わって背負い、入水捨身の行をした。

やがて、私に聞こえていた音は消え、無音のままに滝が落ち続けた。そして、風景は故郷の山々に変わった。佐賀県の有明海に面した農村、毎日、朝に山を仰ぎ、神様、弘法大師、先祖の順にお供えをする。お盆の入りの夕方には、窓を開け放ち、提灯に灯りをともし、ご先祖のお迎えをした。お盆の最後の夜は人々が神社に集まる。奉納相撲のあと、精霊流しの船を沖に見送った。

「千年のうたかた」の原稿を書いている時、私自身の原風景が何度も目に浮かんだ。母がいる故郷には、今は白髪が目立ってきたが、小学校、中学校で共に過ごした友もいる。最近、そんな幼馴染のたくさんの顔がふるさとの山河と重なるようになって、なつかしく切ない気分だ。

あとがき

富士山は太平洋側の駿河から見るのと、甲斐の河口湖や山中湖から見るのと、どちらが好きかという話題は日本人の尽きせぬテーマである。私はどちらも好きだが、一番好きなのは八ヶ岳山麓、富士見町の畑から見る姿が最高だ。いつもは遥か彼方、雲にかくれて霞んで見えない山容が、突然目の前にあらわれることがある。人影が少ない農道の四季折々の表情、蓮華草が咲き、やがて草が枯れて霜が降りる。視界が開けた道の向こうに富士の威厳に満ちてかつ優しい山塊が眼前に迫って来る。そこへ延びる小さな畦道が私の人生のようだ。

先を往く二人の影が見える。白洲正子、山折哲雄。私は五十を過ぎて白洲正子さんと本を通じて出会った。お目にかかったことはない、すでにこの世の人ではなかった。六十を過ぎた頃に出会うことができた山折哲雄先生は今もお元気で、洛中の親鸞や道元が歩いた道を散歩しながら、社会のありように対し示唆に富んだ言葉を放たれる、それは時として警告でもある。私はその学問や思想の一端に触れる機会を得たが、一番学んだことは社会に対して言いにくいことをいう剣士のような気迫だ。
ここに、畦道を往くがごとく見たこと感じたことを随想集としてまとめた美しい本が出来あがった。画家の大河原典子さんは、足かけ三年にわたりスケッチの旅にお付き合いをいただいた。たまにしか顔を出せない円覚寺の伝宗庵の庭は広大ではないが心は広々としてくる。まだ私の知らないことが無限にある空間のような気がする。執筆の苦しい日、足立老師が自ら手折られた水仙の花が送られてきて、良い薫りが書斎に満ちた。
伝宗庵では、「古事記やまとかたり」大小田さくら子さんの会が開かれている。古の日本人の言葉に触れている方の助言と励ましは心強かった。たくさんの絵に囲まれた本の誕生は夢のようである。

私の願う本の実現をお許しいただいた「かまくら春秋社」伊藤玄二郎代表、編集を担当していただいた山本太平様、デザインの林琢真様に感謝を申し上げたい。

平成二十五年十二月十七日
春日の杜で、神様が旅をされた冬の日に

川良　浩和

参考資料一覧

『朝日の中の黒い鳥』　ポール・クローデル／講談社学術文庫
『京町家の春夏秋冬』　小島冨佐江／文英堂
『姿　井上八千代・友枝喜久夫』　白洲正子・吉越立雄／求龍堂
『井上八千代　芸話』　片山慶次郎・井上八千代／河原書店
『北条秀司自選戯曲集』　北条秀司／青蛙房
『「歌」の精神史』　山折哲雄／中央公論新社
『書き下ろし歌謡曲』　阿久悠／岩波書店
『阿久悠のいた時代——挽歌の伝統と「北の蛍」』　山折哲雄／柏書房
『千変万化に描く北斎の冨嶽三十六景』　大久保純一／小学館
『廣重六十余州名所図絵』　プルヴェラー・コレクション／岩波書店
『キリシタンのサンタ・マリア』　結城了悟／日本二十六聖人記念館
『風の盆恋歌』　高橋治／新潮社
『風の盆・おわら案内記』　成瀬昌示・里見文明／言叢社
「風の盆恋歌」　若林美智子／CD・ビクターエンタテイメント
『蘇る薬師寺西塔』　西岡常一・高田好胤・青山茂・寺岡房雄／草思社
『光は東方から』　中村元対談集／青土社
『住職がつづるとっておき薬師寺物語』　安田暎胤／四季社
『法隆寺　薬師寺　東大寺　論争の歩み』　大橋一章／グラフ社
機関誌『薬師寺』　薬師寺編集局

「レ・ミゼラブル」　訳詞　岩谷時子・吉岡治・青井陽治
『山田洋次作品集』　第4巻／立風書房
「東京家族」　脚本・監督　山田洋次
五行歌集『神さまもひと休み』　工藤真弓／市井社
『春日大社年表』　春日大社
『春日権現験記』　春日大社
『宗教思想史の試み』　山折哲雄／弘文堂
月刊『大和路ならら』　地域情報ネットワーク
『花供養』　白洲正子・多田富雄・笠井賢一編／藤原書店
『かくれ里』　白洲正子／新潮社
『近江山河抄』　白洲正子／駸々堂
『西国巡礼』　白洲正子／駸々堂
『十一面観音巡礼』　白洲正子／新潮社
『飛騨・美濃　白山』　白山国立公園岐阜県協会
『天界の道　吉野・大峰　山岳の霊場』　永坂嘉光／小学館
『サンティアゴ巡礼の道』　檀ふみ・池田宗弘・五十嵐見鳥ほか／新潮社
「プレリュード」　村治佳織／CD　ユニバーサルミュージック
『能面』　白洲正子／求龍堂
『お能の見方』　白洲正子・吉越立雄／新潮社
『マルローとの対話　日本美の発見』　竹本忠雄／人文書院

関連番組一覧

「京都祇園祭〜伝統を受け継ぐ千年の営み〜」平13・8・4
「祇園・京舞の春〜井上八千代　三千子　継承の記録〜」平12・4・8
「祇園・継承のとき〜井上八千代から三千子へ〜」平12・5・1
「京舞・井上八千代の世界〜受け継がれる祇園の舞〜」平12・5・19
「越中おわら風の盆　心がとけあった3日間」平11・10・1
「平成20年　ニッポン、心の原点」平20・1・1
「薬師寺〜白鳳伽藍の一年〜」平20・4・9
「日光・月光菩薩　はじめての二人旅〜薬師寺1300年の祈り〜」平20・4・28
「訪問インタビュー　日本人をみつめる　中村元　堀田善衛」昭57・1・1
「海辺の町に生きる〜南三陸町の一年〜」平24・3・4
「ガレキに立つ黄色いハンカチ〜山田洋次　震災と向き合う〜」平24・1・2
「山田洋次　50年の時が過ぎて」
　「前編　夢を追った時代からバブル崩壊まで」平24・1・9
　「後篇　混迷の時代から震災まで」平24・1・10
「復活　山田洋次ＳＬを撮る」平23・7・16

「山田洋次『東京家族』を創る」平24・3・20
「81歳映画監督山田洋次　映画をつくる」　平24・9・17
「我は勇みて行かん　～松本幸四郎『ラ・マンチャの男』に夢を追って」平24・8・24
「神々の森へのいざない～春日大社　悠久の杜～」平22・4・23
「春日大社　神が降り立った森で」平22・5・29
「神々が降り立った森からのメッセージ」平23・1・1
「八百万の神がすむ山河～村治佳織　白洲正子祈りの道を往く」平23・3・29

著者・川良浩和（かわら・ひろかず）
一九四七年生まれ、佐賀県の有明海に面した町で育つ。早稲田大学第一文学部卒。NHKスペシャルなど二百本に及ぶ報道ドキュメンタリーを制作。新聞協会賞、文化庁芸術作品賞、放送文化基金賞など受賞番組多数。現在、作家、プロデューサー、ドキュメンタリー塾川良組監督。著書に「絆～高校生とヒロシマ」「我々はどこへ行くのか」（ともに径書房）「闘うドキュメンタリー」（NHK出版）などがある。日本エッセイスト・クラブ会員。

絵・大河原典子（おおかわら・のりこ）
一九七六年生まれ。日本画家。二〇〇四年東京藝術大学大学院美術研究科文化財保存学日本画専攻博士課程修了。博士（文化財）。薬師寺蔵国宝「吉祥天画像」復元模写。大徳寺方丈重文狩野探幽筆「猿曳図」復元模写（田渕俊夫他東京藝術大学）。二〇〇〇年院展初入選、以降佐藤美術館、百貨店、美術画廊はじめ各所にて個展を開催。

千年のうたかた

著　者　川良浩和
絵　大河原典子
発行者　伊藤玄二郎
発行所　かまくら春秋社
鎌倉市小町二―一四―七
電話〇四六七（二五）二八六四
印　刷　図書印刷株式会社
平成二十六年二月十日　発行

ISBN978-4-7740-0616-1 C0095